卡夫卡的先驱

许志强　著

浙江文艺出版社
Zhejiang Literature & Art Publishing House

图书在版编目(CIP)数据

卡夫卡的先驱 / 许志强著 . —杭州：浙江文艺出版社，2024.4

ISBN 978-7-5339-7498-5

Ⅰ.①卡… Ⅱ.①许… Ⅲ.①世界文学—文学研究—文集 Ⅳ.①I106-53

中国国家版本馆CIP数据核字（2024）第040678号

责任编辑	张恩惠	装帧设计	吴 瑕
责任校对	陈 玲	营销编辑	张恩惠
责任印制	张丽敏	数字编辑	姜梦冉 诸婧琦

卡夫卡的先驱

许志强 著

出版发行 浙江文艺出版社
地　　址 杭州市体育场路347号
邮　　编 310006
电　　话 0571-85176953（总编办）
　　　　 0571-85152727（市场部）
制　　版 杭州天一图文制作有限公司
印　　刷 浙江海虹彩色印务有限公司
开　　本 787毫米×1092毫米 1/32
字　　数 130千字
印　　张 8.125
插　　页 5
版　　次 2024年4月第1版
印　　次 2024年4月第1次印刷
书　　号 ISBN 978-7-5339-7498-5
定　　价 68.00元

无家可归的讲述

（代序）

库切的自传体小说《夏日》（文敏译，浙江文艺出版社2013年）讲述了这样一个故事：

库切死后，有人想要搜集材料为他写一部传记；这位传记作者与库切素昧平生，他从死者遗留的笔记中找到若干线索，开始一系列采访，从加拿大安大略省的金斯顿到南非的西萨默塞特，从巴西圣保罗到英国谢菲尔德和法国巴黎，采访死者的情人、表姐和同事，试图构建20世纪70年代初库切在南非的一段经历。

生前友好提供的证词，逐渐形成了库切早年的一幅肖像，那是一个幽灵般的存在，邋遢孤单、局促不安而且自我封闭，是一个不知如何与情人相处的书呆子，似乎随时要透过肖像的边框逃逸出去，抱臂独坐在灰暗的角落。

《夏日》带来的这幅阴郁而略带滑稽感的肖像，便是库切想象自己死后如何进入别人讲述的一种描绘，也可以说，是从死亡的暗房里冲洗出来的一卷水淋淋的胶片；只不过捏着底片的还是活人的手，其实是库切自己弯曲的手指尖。这幅看似容易滑落的肖像——库切写库切死后关于库切的传记，未尝不是一种机智的笔墨游戏。此种构想也许很多人的头脑里都曾出现过，但从我们有限的阅读来看，真正形诸文字的还是库切这部新作。

《夏日》于2009年问世后，大西洋两岸的英语评论界即刻给予高度关注。《时代》文学副刊称其为"过去十年里库切的最佳作品"。《纽约客》的文章认为"自《耻》之后他还从未写得如此峻切而富于情感"。人们称赞这部自传体小说写法"聪明""机巧"，"打破了回忆录的体裁界限"，是"对生活、真实和艺术的嬉戏沉思"，也是"对何谓虚构小说的一种重新定义"。若干有影响的书评，几乎通篇都在谈论这部作品的构建，它的叙事形式和视角，也就是它作为自传类作品的"非常规写作方式"所产生的效应。从《夏日》别出心裁的文本构造来看，读者的这种关注也是很自然的。

　　该书副标题是"外省生活场景"，与作者另外两部自传体小说《男孩》和《青春》的副标题相同。读过《男孩》和《青春》，再来看《夏日》，这三部作品在时间上大致构成一个系列，从孩提时代的南非小城伍斯特到青春时光的开普敦和伦敦，现在又回到开普敦，主人公三十来岁，如标题"夏日"所喻指的，正是岁月成熟的季节。《青春》中漂泊异乡、迷茫孤独的文学青年，终于在开普敦出版了第一部小说，圆了他的作家梦。按照"自传三部曲"的传统看，新作提供的是续篇也是终篇；这个系列的写作似乎可以结束了。至少，《青春》内在的悬念已经部分得到解决。试图成为一个作家或最终如何成为一个作家，这是衔接前后两部作品的悬念。

　　《夏日》所要做的无非是延续这个内在的叙事动机，给予实质性的描绘和交代。我们看到，这一回主人公已经不是那个叫约翰的男孩和青年，而是"当代著名作家约翰·库切"；第三人称隐约其词的交代，这个模式已经放弃，代之以明确的自我指涉，不少地方甚至出现了盖棺论定的调子。它表达的是一个成熟的作家的世界观，像是给仰慕他的读者提供必要的提示和解答，包括他对政治和社会的看法，对生活和命运的审视，对自己的作品及创作个性的评价。

作家得以公开谈论自我，从其笔尖收回远距离的观察，使得往事不再像迷雾中的暗流那样难以真正触及，而是像一面"重现的镜子"，在同一时间汇聚并试图展现它的全貌。

《夏日》叙述的重点落在1972年至1977年库切在南非的一段生活。为什么单单选择这个时期来写？

按照书中那位传记作者的说法，因为"这是他生活中一个重要时期，重要，却被人忽视，他在这段时间里觉得自己能够成为一个作家"。此外，20世纪70年代正是南非种族隔离最严酷的时期，从社会历史的角度看，选择这个时期来讲述自己的故事，应该有更多的内容可以谈。既然写的是一部自传体小说，那么传记提供事实往往要比提供观点更吸引人。

库切是那种通常被认为缺乏生活的学院派作家，亦即所谓的知识分子作家。这类作家会对马尔罗、索尔仁尼琴之类的人物倍感兴趣。《夏日》开篇提到的南非诗人布莱顿巴赫，便是一个颇为有趣的人物；他拿南非总理沃斯特的床笫之事写作讽刺诗，被关了七年监牢，游走于南非和巴黎之间，在私生活、写作和社会活动中都异常活跃。如果说诗人布莱顿巴赫还不能算是库切崇拜的偶像，至少也应该是后者所羡慕和思量的对象。某种意义上讲必定如此。

而库切的《青春》让我们领略到，他游离于这个世界的边缘，所提供的事实既不够雄辩，也较为有限；书中讲述的生平事迹，以类似于雕刻刀的减法构成客观性的某种见证。其言下之意是，只要作家的审视是诚实的，则其陈述的事实哪怕有限，也仍不失其可贵的力度和价值。

身为作家，库切对此一向抱有信心。他的每一个篇幅不长的作品也都在证实这一点。但是，作为一个人，在特定环境中生存的人，他又如何面对自己？如他与女人的相处并不成功，在亲友中遭到奚落，而且显然还难以超脱生存的压力和恐惧，过着贫困知识分子的生活，这个形象自然是无法给人提供慰藉的。那么，选择这个形象作为传记的中心人物，究竟是出于一种艺术表现上的需要，还是仅仅缘于一种诚实的自我写照？

阅读《夏日》，会让人产生类似的思考。这也关系到此书别具一格的文体和视角。真实的库切和书中的库切，两者的关系多少有些微妙。针对自传体小说这种较为混杂的文类，库切的写作总是突显其人工制品的性质。较之《男孩》和《青春》，新作《夏日》在这个方面无疑做得更为露骨，或许，也做得更为审慎。

"他在事实的面纱之下悄悄放进虚构。"一位英国书评家如是说，"他把自己的姓名、历史面貌、国籍和职业生涯都给了他笔下的主人公，但是有些关键的细节并不准确。例如，小说中极为重要的一点是主角没有结婚，一个不合群的近乎性冷淡的人，而事实上在此书描写的1972年至1977年那个时期，他有婚姻并且育有一子一女。"库切的前妻和孩子在这本书中消失得无影无踪。读者自然要问："虚构背后应在何种程度上关乎真实？虚构应在何种程度上照亮真实同时又隐藏真实？"

显而易见，我们读到的《夏日》是一部"小说化的自传"（fictionalized memoir），或者说是一部伪自传。作者对此丝毫未加掩饰。此书的主体部分由五篇访谈组成，没有一篇是真实的；这些访谈记录，加上两篇注明日期及未注明日期的零散笔记，都是未经编辑的所谓原始材料，还声称其中有两篇是从其他语种（葡萄牙语和阿非利堪语）翻译过来的，构成《夏日》的叙事。

作者试图以虚构事实的方式触及真实，借助他者的主观性追溯历史，在自我陈述和客观性面具之间保持平衡。此种话语方式的机巧，把小说家的虚构及其对叙事的操控暴露无遗；所谓的自传便成为含有自传性的虚构作品，而"重现的镜子"则是一面破裂的镜子，通过碎片拼凑影像。书中那位传记作者解释说：

> 我们都是虚构者。我不否认这一点。可是你觉得哪种情况更好些：由一个一个独立的视角出发来建构一组独立的叙事，使你能借以分析得出总体的印象；还是仅由他本人提供大量的、单一的、自我保护的材料来建构一种叙事更好呢？

库切写作自传的观点，令人想起约翰·伯格关于小说创作的名言："单独一个故事再也不会像是唯一的故事那样来讲述了。"

小说的写作是如此，生平故事的写作也是如此。

《夏日》将自传故事纳入小说文本的建构，包含作者对于叙事真实的一种审慎处理；反映的是现代小说的写作观念，与传统史诗叙事相对，源自福楼拜、乔伊斯、纪德等人所倡导的现代小说意识。

本雅明在《小说的危机》一文中指出："小说的诞生地乃是离群索居之人,这个孤独之人已不再会用模范的方式说出他的休戚,他没有忠告,也从不提忠告。所谓写小说,就意味着在表征人类存在时把不可测度的一面推向极端。"本雅明还引用卢卡奇的说法,认为现代小说代表的是一种"先验的无家可归的形式",而这正是现代小说的本质属性。

那么,将小说家的自传与虚构混合起来,难道只是出于一种玩弄形式的考虑吗?并不是。库切在《夏日》中把自己塑造成离群索居、无家可归的人,从其真实的履历表上减去婚姻这一项,通过适度的虚构加工,从而将人物的孤独与其存在中难以测度的那一面更为清晰地联系起来,这么做也是颇为耐人寻味的。

作家表述其孤独的存在,有别于常规的处理,而且也打破了读者的预期。是的,《夏日》的主旨是讲述作家成长的故事,对于如何成为一个作家却讲得不多。开篇描述南非种族隔离的悲剧,寥寥几笔,传达出那个时期近乎凝固的政治气氛,但书中对种族隔离的描写未做主题式展开。此书的主题是指向作家隐秘的私生活,也就是中心人物体内的"性",确切地说,是他体内的中性、去性或无性。

通过《朱莉亚》《玛戈特》《阿德里亚娜》这三个故事，我们读到的正是这样一个多少有些尴尬的主题，而在其他作家的自传或传记类作品中，还从未出现过类似的描写和提示。例如，君特·格拉斯的《剥洋葱》，阿摩丝·奥兹的《爱与黑暗的故事》，其性欲的描绘多半是自我充盈的。相比之下，《夏日》的主角更像是一个处在更年期的鳏夫。这倒不是说此人的性取向有什么问题，有某种古怪的癖好，或是一个天生的厌女症患者。这些都不是。他做过邻居朱莉亚的情人，追求过舞蹈教师阿德里亚娜，与同事索菲也是恋人关系。像任何一位年轻男子，他有爱与被爱的需要，乐于扮演想象中的唐璜角色。人物的古怪并非出于反常，一定程度上也是缘于某个评价框架；而在那个反复出现、类似于社会评估的框架中，他的存在令人失望，成了女性眼中的"中性人"，似乎难以激发她们的热情和性趣；总之，他孑然孤立的形象带有几分灰暗和滑稽。

朱莉亚、玛戈特或阿德里亚娜，她们都是这么看待他的。在和朱莉亚的情事中，库切更像是一个无声的影子伴侣；而在荒野中度过的一夜，使玛戈特对这位浑身没有一丝热气的表弟隐隐产生怜悯；对于舞蹈教师阿德里亚娜来说，她感到被这样一个书呆子追求简直莫名其妙。这个总是不忘记诗歌、舒伯特和柏拉图理念的单身汉，他对女性的努力追求，有时也让人有些哭笑不得。随着故事的展开，我们品尝到这些故事所蕴含的一种特色：古希腊英雄那种驾驭生活（其实也是驾驭女性）的传统在库切的这本书中彻底流失；故事的主角（英雄）来回穿梭，出现在不同女性的讲述之中，事实上他已经由主角变成了配角，而且，这种被动的性质多少显得有点儿幽默。

传记的主人公变成了传记的配角；故事的讲述与库切相关也经常偏离视线；这篇专注于自我的叙事便逐渐成为积累不同侧面的小说。朱莉亚的中产阶级隐私，玛戈特的家族农庄，阿德里亚娜的底层移民背景，还有"马丁"和"索菲"这两个章节中的学院小景，串联起20世纪70年代南非社会的一幅图景。库切作品中的不少人物和母题，也重新汇入《夏日》的叙事。

开篇"一九七二至一九七五年笔记"，描述暴力的气氛和遗世独立的选择，包含《迈克尔·K的生活和时代》的主题；《玛戈特》的女主角对这片土地的认同，也是《耻》中出现的主题；还有《内陆深处》《青春》《男孩》

等篇，萦绕于"外省生活场景"的插曲，让人记忆犹新。《男孩》对百鸟喷泉农庄的描写，像夏日清澄的空气折射美丽的光芒。还有《男孩》中的那个父亲，因挪用委托保管基金借给失信商人，被褫夺律师资格，干脆躺在家里逃避责任；床底下的尿壶里还浸泡着发黄的烟蒂。这个父亲出现在《夏日》中，和儿子住在一起；在追求阿德里亚娜的野餐会上，父子俩在树下躲雨，野餐会泡了汤，他俩一副倒霉的模样，正好让彼此成为注脚。

如果说，此类描写让人觉得有趣，甚至发笑，那也是一种渗透了尖酸苦味的幽默。书中那些不无庄重的细节，例如，库切报名参加阿德里亚娜的舞蹈班，他在颓圮的乡村做着诗人梦（"噢，炎热的大地。噢，荒芜的峭壁"），还有他要求朱莉亚配合舒伯特的音乐与他做爱，等等，都透出一股酸涩可笑的味道。

这种尖酸滑稽的幽默，让人想起贝克特的作品。事实上，库切的创作（其格调和形象）一直浸润于贝克特的灵感中。考察库切艺术的来源和所受的影响，贝克特始终居于首位。这并不是什么秘密。

纳博科夫谈到贝克特的小说时这样描述：

他的作品有一幕非同寻常：他用一根拐杖支撑着自己走过森林，身上穿着三件大衣，腋下夹着报纸，还忙着从一个口袋往另一个口袋转移那些鹅卵石。一切显得那么灰色，那么不舒服，就像老人做的梦。这种狼狈相有点类似卡夫卡的人物，外表叫人不舒服，恶心。贝克特的作品就是这种不舒服的东西有趣。

这种不舒服的灰色液体也流淌在库切的作品中，使得自我定义所要求的同一性、生命中各种行为的总和所描绘的同一性，在有待描绘之前便已破裂，沉入生命冰凉的残渣。库切带着这种感觉去描写事物，讲述他的故事，体味他那种孤独的命运，恰恰因为这个就是他的命运——去寻找他破裂的生活中值得一写的东西。

他用质朴细腻的语言叙述，平稳的笔触带着层级递进的效果，而其尖锐的叙述有时诚实得让人心里打战。那个像是在从事秘密勾当的作家（《幽暗之地》的作者），匆匆赶往旅馆幽会；周旋于封闭的自我与孤独的性事之间，他的人生真实吗？

他好像在跟脑子里关于女人的某种想象交合，半闭空洞的眼睑，缺乏真实的个性；也许，他从未真正拥有过一个女性的身体？他那些情人讲述的不就是这样一副面目？

　　此人既非骗子亦非消极堕落者；称得上是一位有道德原则的绅士。可他的体内却包藏着一团冷气，像发酸的老人，或是像患有自闭症的儿童，活在某个不透明的模式中；而在老人和孩童之间，他那种男性的特质被抽空，剩下的是身体里的中性、去性或无性。

　　莱昂内尔·特里林在评论诗人济慈时提出"成熟的阳刚之气"的说法。在其《对抗的自我》一书中，他将这个概念定义为：

　　　　与外部现实世界的一种直接的联系，通过工作，它试图去理解外部现实世界，或掌握它，或欣然安于它；它暗示着勇气、对自己责任和命运的负责，暗示着意愿以及对自己个人价值和荣誉的坚持。

　　真正的作家，其个性的精华是某种脆弱的幻想，能够从其存在的另一面，呼应这个定义所包含的类似于祈祷或驱魔的意义。马尔罗、索尔仁尼琴或布莱顿巴赫，他们在一定程度上能为这个定义提供注脚；他们都是"成熟的阳刚之气"的代表。

而书名"夏日"（Summertime）一词作为隐喻，指向恒定的云朵和空旷的麦田，似乎也在解释特里林的观念。作者像是在祈祷——把自己交付给世界吧，像果实吐出它的内核，如同卡夫卡日记中反复幻想的那样。

　　撇开进化或变态的法则不谈，仅就艺术对个性的需求而言，这个过程的困难似乎在于，诗人的自我的不可通约（也就是本雅明所谓的"不可测度"）的那一面，总是有意无意地要对此加以抗拒。

　　特里林所谓的"成熟的阳刚之气"，延续托马斯·卡莱尔的观念，倡导英雄主义的"道德活力"，或许未能顾及艺术创造所需的危险和脆弱。特里林所谓的责任和艺术家担负的责任不一定能够协调，倒是有可能概括得较为简单。在此意义上讲，《夏日》的主题并不是专注于情爱或性征，而是突显主角的独特的面目，其存在的紧张感及现实喜剧性，或者说是诗人那种较为古怪的命运。

　　读过《男孩》和《青春》，我们对这个形象不会觉得太陌生。而在《夏日》中，库切将主角的形象变得更为醒目，并且勾画出这个角色独特的现实喜剧性。他的描写有时让人发笑，也难免让人惊异。这幅多少有些阴郁的肖像，带有库切自身个性的印记，亦可视为诗人的一种表征。

由于文本作者隐蔽的介入，作者与叙事人的同谋关系有时也会让叙述失之过火（例如"阿德里亚娜"的章节）。但从总体上看，这个形象的再现能够唤起隐秘的激情，犹如冰块与火焰的结合。

库切塑造的形象，他的低调、深思的写作，涉及道德伦理层面，从不满足于轻易获得的答案；他的创作展示一个自我拆解的过程，蕴含着对立意图的责难与反诘；正如诺贝尔文学奖授奖词所言，"他以众多作品呈示了一个反复建构的模式：盘旋下降的命运是其人物拯救灵魂之必要途径"。自传三部曲的写作遵循的便是这一模式，将自我陈述处理得像是追踪地下生活的报告。

对于库切的创作来说，仿佛只有在那幽暗冷漠的国度，它们才会见证时代的隔离和荒芜灵魂的悲喜剧；而在这显然是低于生活的地方，诗人的超越性的存在未免显得古怪，有点过于孤立，与群体意识对立，但也能够表达类似于祭献的幽秘的激情。

库切于20世纪70年代初从美国回到南非，在开普敦大学英文系教书，其间出版了他的第一部小说《幽暗之地》，开始文学创作生涯。他为什么要回到南非工作，而若干年后又离开南非，再也没有回去，这一点从其履历表上不容易得到解释。《夏日》讲述他这段时期的经历，正好可以提供线索。

事实上，他是因为参加反越战游行而被美国当局驱逐出境，丢掉了那边的工作。《青春》中发誓不再回南非的他，只好回到祖国谋生。由于"他断绝了与自己的国家、家族和父母的关系"，他的回归未免有些无奈和尴尬。"玛戈特"的章节对此作了一番描述，其他章节中也断断续续谈到。

总之，他对自己的国家抱着难以化解的抵触态度。《夏日》的结尾叙述儿子与父亲的和解，也透露了情感上的某种抑制；他那种忏悔的愿望即便已经非常诚恳，但最后一笔交代说他还是要走的，像是有一股力量拽着他离开，留下医院里治病的老父亲。

一个始终像在独自告别的人，在朱莉亚的卧房和清晨的睡梦里，在家族聚会的餐桌旁，弓起紧张的身体。他年纪轻轻，却像一个落寞的鳏夫。现在他已经死去。人们谈论的是一个死去的著名作家，谈论他过去生活中的模样。无论是同情也罢，隔膜也罢，总不外乎指向他那种让人困惑的特殊性。他们是谈得太多，还是谈得远远不够？

也可以这样来问：对一位著名作家的关注真的应该比对"阿德里亚娜的丈夫"的关注更多一些吗？后者是巴西难民，在开普敦当保安，被人用斧头砍在脸上，最后死在了医院里。这类无名者的生活故事，岂不是有着和诗人故事一样多的情感空间？

《夏日》有三处写到医院，也都是跟底层的流离失所的命运相关。主人公趋于冷感的身体，他可悲的"去性化"状态，未必能够在他人的故事中得到解释，却和这些脏污、凄凉的图景一样，让人看到生活如此残缺，缺乏慰藉。

在《凶年纪事》中，库切谈到陀思妥耶夫斯基的小说《卡拉马佐夫兄弟》；他说，他为伊凡的选择落泪。作为一个彻底的怀疑论者，伊凡不给他的信仰留出一丝余地；他选择退出，向那位全能的造物主提出"退票"。某种意义上，我们亦可借助这个细节来看待《夏日》的主人公，他于20世纪70年代初回到南非的经历，他经历中包含的尖酸苦涩，他那种对抗性的意识形态立场。

对库切来说，成为一名移民身份的作家，亦即意味着三重意义上的错位或放逐：他是拒绝乡土专制的世界主义者，他是出生在南非的白人后裔，他是用英语写作的殖民地知识分子。《夏日》正如库切的其他作品，也是在这三重意义上讲述自我和他者的故事，书写着他的像是永远不会完结的主题（或心结）。

库切的三重身份，既是缘于一种"历史的宿命"，也包含自我抉择。读者在《夏日》中不无惊讶地看到，作家的成长竟然是没有被青春和祖国的机体所吸收，而是被吐落在外面，辗转于这个世界的别处。他最终选择退出，不愿苟同任何一种现实政治；不寻求妥协，也得不到慰藉；像卡拉马佐夫家的伊凡，纠结于他的清醒和分裂，他的怀疑论的痛苦，他的诗性和枯竭，还有他无家可归的荒凉和梦魇。

（2010年）

目　录

辑　一

重述古希腊悲剧

　　——和丹尼尔·门德尔松商榷　/ 003

他的爱情、童真和"永无乡"

　　——《大莫纳》第三版中译者序　/ 022

中产阶级的欲望喜剧

　　——评《泽诺的意识》　/ 041

辑　二

我们是另一种狗

　　——评《失明症漫记》　/ 061

狐狸是诡诈的骗子，是作家的图腾

　　——评《狐狸》　/ 077

马克洛尔的隐匿、谵妄和国际主义

　　——评《阿尔米兰特之雪》　/ 092

辑　三

小说之死与人文迷思
　　——关于索尔·贝娄的小说创作论　/113

诗人、野性与超验主义
　　——读《梭罗传》　/134

反向介入
　　——米歇尔·莱里斯的自传写作　/157

卡夫卡的先驱　/177

附　录

《20世纪欧美经典小说》：献给普通读者的礼物　/197
《木心遗稿》与"后制品"写作　/221

后　记　/236

辑　一

ʅ

重述古希腊悲剧

——和丹尼尔·门德尔松商榷

一

科尔姆·托宾的长篇小说《名门》（王晓雄译，上海译文出版社2020年）取材于古希腊悲剧和神话传说，讲述阿伽门农家族的血亲仇杀，即俄瑞斯忒斯杀死母亲为父报仇的故事。故事原型众所周知，而重述或改编则会招来好奇，甚至引发争议：托宾为什么要写这样一本书？他的改写有何特色和新意？是成功还是失败？这些问题读者会有所关切。读托宾的当代题材的创作或许还不至于有这种焦虑。原因在于经典改编会导致新旧的比较，而比较会涉及得失的评价。

　　《名门》于2017年5月出版后，隔了两个月《纽约客》就刊发了丹尼尔·门德尔松的文章《母后》（*Queen Mother*），此文又题为《将希腊神话编写成小说》（*Novelizing Greek Myth*），谈的就是神话和悲剧的改编问题。细读文章可以得知，门德尔松对《名门》的负面评论都是和经典的威力有关，或可称为原典的难以摆脱的幽灵。如果改写完全是忠于原著，那么何必多此一举？如果有所偏离，那么这种偏离就会让人更严格地拿原典来审视，其潜在的标准仍在于是否忠于原作。门德尔松倒不至于如此古板，要让新文本符合旧文本，但他的文章探查新旧文本之间的落差，不仅显示原典的幽灵处处附体，而且凸显改写者的局促处境：托宾就像是骑在两匹马上，坐在两把椅子上；而他从两匹马（或两把椅子）中间掉落下来时，他的闪失其实是不可避免的，因为把神话改写成小说有其固有的局限性。门德尔松专注于原典和改编之间难以调和的矛盾，发出犀利的评判。但他忽视了创作的想象及其位移，其观点和立场都有可商榷之处。

　　不过，对原典的追溯是必要的；将新旧文本置于比较的参照中，或可发现不做比较就不容易看到的细节。重述古希腊神话和悲剧，也就意味着要进入互文性的关联中，而《名门》的创作也是根植于这种关联。

二

《名门》的改写面对的不是一个而是一堆古希腊作品。围绕阿伽门农家族的血亲仇杀，从传说到荷马史诗，从埃斯库罗斯的三联剧到索福克勒斯、欧里庇得斯等人的剧作，对这个故事的重述和改写早就构成一系列关联，不同的文本有不同的处理方式。

托宾撰文交代说，《名门》的主要人物和叙事框架"取自埃斯库罗斯的《俄瑞斯忒亚三部曲》、索福克勒斯的《厄勒克特拉》和欧里庇得斯的《厄勒克特拉》《俄瑞斯忒斯》与《伊菲革涅亚在奥利斯》"，部分角色和事件则是出于他的想象。从《名门》的创作来看，托宾主要依据的是埃斯库罗斯的三联剧（三联剧也是索福克勒斯、欧里庇得斯再创作的主要依据）。他打开原典的方式是小说家的方式，从剧作中的空白着眼，织出网眼更细密、转折不那么跳跃的叙述流程。

三联剧中有两处空白，即伊菲革涅亚献祭时，其母克吕泰涅斯特拉在哪里？还有，在阿伽门农遇害的这段时间，俄瑞斯忒斯在哪里？这是小说家托宾提出的问题。这些问题我们在逻辑上其实不必太计较，说是空白未必真是空白。女儿被献祭时母亲可以在场也可以不在场，即便不在场也不会减少一个母亲的痛苦。三联剧的处理是不成问题的。倒是欧里庇得斯的《伊菲革涅亚在奥利斯》将这个问题凸显了出来。

在欧里庇得斯的剧作中，克吕泰涅斯特拉在场，并且恳求阿伽门农别把女儿送上祭坛，但遭到拒绝。那么围绕这场活人祭，夫妻俩将何以相处？克吕泰涅斯特拉是旁观还是干预？托宾检视这个"漏洞"，给出他的解决方案：阿伽门农将克吕泰涅斯特拉关进地洞，这样她就看不见女儿被献祭了，也免得她施展神秘的咒术干扰献祭，等到她被放出来时，满身粪便，饥饿憔悴，分明是出离愤怒了。她被丈夫骗来参加女儿伊菲革涅亚的婚礼，结果却遭遇这场人间惨剧。后来她亲手将丈夫杀死，于情于理岂非都更有说服力？托宾的创作无疑是在加强故事的因果链。关于俄瑞斯忒斯的处理也是如此，俄瑞斯忒斯和其他一些男孩被埃癸斯托斯关进一座秘密营地，这样就不仅交代了不在场的缘由，而且为日后的回归和复仇做了铺垫。

俄瑞斯忒斯的故事，从古希腊到现当代，衍生众多再创作的文本，包括戏剧、诗歌和小说，这种改写的兴趣可谓历久不衰。不难设想，和其他作家一样，托宾对这个题材觊觎已久，对相关文献悉心研习，寻找再创作的着眼点。他的创作有政治方面的动机，有叙事学的动机。说他改写是为了弥补原典的叙述漏洞，这么说有点简单了，但事情有时可能就是这么简单。小说家最接近于学者，对因果关系的检视苛细到了锱铢必较的地步（想想马尔克斯写玻利瓦尔将军的那篇小说）。而在伊恩·瓦特看来，现代现实主义的诞生，其重要的标志之一，就是强化对因果链的逻辑考量。也许在托宾看来，将俄瑞斯忒斯故事中的叙述"空白"逐一填补，细致地还原出一条合理的情节链，小说的改写自然就成立了。小说是虚构的，但前提是必须显得信实，像绘图员能够描画出事物之间的各种关联。而将神话故事改写成小说，恐怕得再加上一条，即能否保持寓言和写实之间的平衡，这一点很重要。

门德尔松感到不满的正在于此；他认为《名门》的还原在细节上是有问题的，例如，囚禁俄瑞斯忒斯的那座秘密营地，其规章制度和日常气氛——冷水澡和计分制等——怎么让人觉得像天主教的少管所呢？那些青铜时代的武士轻轻敲击"窗户"、穿着"衬衫"、从"玻璃杯"里喝酒水，读者即便不是古典学学者也会意识到这样的描写未免有些离谱。门德尔松说，作家仿佛专注于约瑟夫·坎贝尔所说的那种"神话的力量"，都不曾想到要去识别"古希腊的日常生活"了。

此外，门德尔松的文章还针对互文性关系和潜台词的问题，揭示《名门》的创作性质。他举的例子是《名门》中俄瑞斯忒斯和厄勒克特拉的这段对话：

> "你能告诉他们我是利安德，我回来了吗？"
>
> "他们不会相信我的。"她说道。
>
> "那你能割下我的一缕头发拿去给我母亲看吗？"他问道。
>
> "你的头发已经变了，"她说道，"你已经变了。我认不出你了。"

这段对话普通读者看不出有潜文本的意义。门德尔松指出，在三联剧《俄瑞斯忒亚》的第二部《奠酒人》中，厄勒克特拉在父亲墓地发现脚印和一缕头发，断定那位失散已久的兄弟回来了，因为脚印和她的一样尺寸，头发也差不多。而在欧里庇得斯的《厄勒克特拉》中，女主角气呼呼地评论道，兄弟姐妹不一定有相同的头发。托宾的小说写到"头发"，便是从这里移植过来的。

门德尔松拿这个典故说事，是想要指出，欧里庇得斯的改写包含玩笑的成分。不难设想，古希腊观众看到剧中这一幕时，会暗暗发笑，会认出这是针对埃斯库罗斯剧中那种老掉牙的轻信——凭一根头发就认亲是不是有点滑稽？而托宾对头发的描写，说明他继承的是欧里庇得斯的创作。那种处理似乎显得更合情理，实质是在消解神话传统，"一种几乎是后现代的拿文学模式打趣的意图，将埃斯库罗斯的严峻的道德说教、索福克勒斯的痛苦的心理分析置之不顾"。门德尔松指出，"托宾和欧里庇得斯一样只是在舒舒服服地玩弄传统叙事"，他的做法甚至"比欧里庇得斯还要欧里庇得斯"（out-Euripides Euripides），既想要利用神话，又试图消解神话，给予英雄人物易于识别的心理和行为动机，还将爱尔兰式的政治观点糅进这个故事，其结果就是让我们看到一个具有浓厚现代色彩的家庭剧，却不具有托宾描写爱尔兰当代生活的那种逼真和氛围，总之，怎么看都不大像是古希腊的。

三

门德尔松的口吻有时带点波俏，但他的批评是严肃的。寓言和写实的关系平衡与否反映创作逻辑的内在统一性问题，处理不当会使改写失去可信度和力量。门德尔松告诫道："你不能在开篇写一场活人祭，接下来又赋予故事'合理'的心理解释。如果别除命运、神明、神的正义等超自然的、宗教的因素，那古希腊悲剧还剩下什么呢？恐怕就剩下一些'机能失调的家庭剧'了。"

类似的告诫和批评都是很有道理的。古希腊悲剧（或曰肃剧）的体裁属性有其自身的规定，与无神论的当代小说实难兼容；按照古典学学者弗洛玛·赛特林（Froma I. Zeitlin）的看法，到欧里庇得斯写作《俄瑞斯忒斯》时，悲剧这个体裁已经耗尽潜力；欧里庇得斯大大偏离了神话形式，向属于现代小说的特性——"实验和变化"转移。门德尔松为托宾的创作寻宗认祖，指出托宾小说的欧里庇得斯性质，总之是想指出，"当代主流小说，技巧上是写实的，关注的是普通人的生活和心理，似乎并不是悲剧理想的载体"，而《名门》的创作就证明了这一点。

说到这里，门德尔松的观点已经介绍得比较多了；从体裁属性的本质看问题，他的看法是深入的。在此基础上我们不妨谈一点不同的意见。

　　无神论倾向的小说与古希腊悲剧难以兼容，应该说这是一个常识，理由无须赘言。《名门》的创作是否要让小说成为"悲剧理想的载体"，答案想必应该是否定的，托宾恐怕是难有这样一份雄心或痴心。取材于俄瑞斯忒斯故事的当代戏剧创作，尤金·奥尼尔的《悲悼三部曲》、萨特的《苍蝇》等，均非严格意义上的悲剧之复归。兰道尔·贾瑞尔的长诗《俄瑞斯忒斯在陶里斯》，谢默斯·希尼的组诗《迈锡尼守望者》，等等，以诗歌的体裁介入，只是一种再创作。从文学批评的角度讲，原典原教旨主义的观点有助于聚焦问题的某个方面，而且不乏启迪，但是过于刚性的强调则会弱化——甚至扭曲——再创作的性质。

　　就说"头发"这个细节。考察小说的上下文，这只是一个寻常的挪用，并不包含欧里庇得斯那种戏仿的意义。《名门》设计了一个新的人物，名叫利安德，让他而不是让俄瑞斯忒斯来宣布流亡者回归，此种安排自然是与神话不符，但也谈不上是一种"拿文学模式打趣"的"后现代意图"，而是基于新编故事的逻辑做出的安排。在托宾笔下，利安德是年轻一代的领袖，在流亡者归来、歼灭埃癸斯托斯的斗争中扮演主导角色。以此断定小说是在"玩弄"神话传统，恐怕是有些断章取义了。

从"头发"的插曲看，托宾的改写有挪用有杜撰，其实并不显示后现代式的反讽和取乐。批评家对后现代似乎有一种嫌恶心理，只要看到原典的意义失格，就判定新的创作纯粹是在玩闹；只要看到重述或改编偏离神话模式，就认为创作者是在给自己挖坑，因此其失败也是注定的了。

此种立场的预设，加固一种厚古薄今的傲慢，却无助于认识再创作的逻辑。刘小枫对翁贝托·埃科《玫瑰的名字》的评论，大体也是传达这样一个理路，将后现代视为浅薄的文化表征。

后现代的一大罪孽就是不做任何抗拒地承认诸神死了（或上帝死了），非但不做抗拒，甚至还乐陶陶地兜售无神论的文字游戏，由此可见其格调之卑弱。

此种声讨，非只见诸反现代的文化保守主义者阵营，有时也出现在詹姆斯·伍德这样颇具包容性的批评家的文章中。后者对翁贝托·埃科的解构主义也感到不甚佩服，觉得那种世俗性的绝望感未免有些轻易。门德尔松谈及悲剧的体裁属性，觉得《名门》最难让人接受的一点就是太世俗化了，安于诸神的缺失。他抱怨说，"即便在欧里庇得斯那种格调俗丽的修正主义的改编中，诸神及诸神的谋划安排也是显得很突出的"。因此，门德尔松说托宾"比欧里庇得斯还要欧里庇得斯"，意思是说，令人遗憾的是托宾还不如欧里庇得斯来得保守呢。

欧里庇得斯的"修正主义"正可说明，古希腊三大悲剧作家中的最后这一位是处在古希腊悲剧文化圈，他剧作中的偏离或暗讽的逻辑尚未失去一个共生文化的依托，正因为如此，他的"修正"才会取得效果。他的观众为那句"头发"的台词会心一笑，终归还是知道要笑一笑的。而今天除非有古典学修养，否则不易辨识"头发"的典故。仅此一点或许能说明，《名门》的创作根本就称不上是"修正主义"，连"修正主义"的资格都没有，而托宾与"修正主义者"欧里庇得斯并不具有太多可比性。

历史留给作家托宾（或萨特、谢默斯·希尼、兰道尔·贾瑞尔等人）的位置，充其量是一种古为今用的文化的折中主义（eclecticism）。在现代性的世俗化和公元前5世纪雅典民主政治衰落期的世俗化之间，也许有一些相似的表情或记号，却还不至于使两者惺惺相惜携起手来。不难设想，托宾面对一堆关于俄瑞斯忒斯的古希腊创作时，他的基本态度就是有选择地兼收并蓄（eclecticism）。而我们看到，《名门》的影响源是较驳杂的，不限于古希腊悲剧。

小说后半部分，利安德和俄瑞斯忒斯与敌对势力展开斗争，相关描写与其说是古希腊化的，不如说是莎士比亚化的；踞于未定之权力宝座的克吕泰涅斯特拉，其神经质的举止大有麦克白夫人的遗韵（而俄瑞斯忒斯则变得越来越像哈姆雷特王子）。半夜时分王宫黑森森的恐怖气氛则多少会让人想起莎剧的城堡布景。第二章男孩打狗的细节出自爱尔兰史诗《夺牛记》，利安德的形象有史诗的英雄人物库·丘林的影子。第五章克吕泰涅斯特拉的亡魂初入阴间，在飘忽意念中见到亲属和活人的面容，这是以佛教的中阴界概念建构的空间，描写的是克吕泰涅斯特拉的灵体。而令门德尔松讪笑的那座"迈锡尼少管所"（Mycenaean reform school），冷水澡和计分制，是天主教文化的借鉴，确实不是古希腊的。

凡此种种都在提醒读者，评论《名门》的重述和改写，必须看到作者把古希腊神话作为想象的介质而注入的意蕴，亦即其想象的位移所包含的信息，而不能局限于单一的还原论思想。

四

以俄瑞斯忒斯的故事作为想象的介质，主要是缘于"血亲仇杀"这个主题所引起的关注。在托宾的自述《我如何重写古希腊悲剧》中，爱尔兰的宗派暴力事件令他痛感古老的神话并未失去现实关联。"对学习北爱尔兰动乱史的人来说，没有一件事是孤立的""任何一起谋杀或连环谋杀似乎都受了之前谋杀的影响，每一次暴行似乎都为了报复不久前发生的事件"。谢默斯·希尼谈及组诗《迈锡尼守望者》的创作动机，几乎是一样的说法。

将《名门》划入后现代创作范畴是欠考虑的。尽管取食于经典，是对经典的指涉、改写和挪移，该篇和博尔赫斯、库切等"后现代"创作并不相类，不涉及有关本质主义、基础主义、"在场形而上学"的批判和解构，那种基于价值相对主义的颠覆、反叛、玩闹、嬉戏的后现代意味更是难觅踪影。托宾的《玛利亚的自白》重述福音书故事，倒是一部极易引起争议的颠覆之作。《名门》古为今用，将神话改写成小说，其实是更接近于后现代试图予以解构的那种"正剧"或宏大叙事。

如前所述，《名门》的两处改编纯然出自作者的杜撰，一是埃癸斯托斯扣押贵族元老们的后代，将男孩们秘密送往一座营地关押起来；一是利安德、俄瑞斯忒斯等人从营地逃出，联合各派反对力量，歼灭埃癸斯托斯、克吕泰涅斯特拉，利安德成为宫廷的新主人。我们看到，新编的人物和情节将一个家族故事逐渐转变为一个外向的、代际的、国族的政治斗争的寓言。男孩们在押送途中遭遇到的是全国性的政治恐怖，而推翻埃癸斯托斯的斗争则是基于宫廷内外的政治联盟。

这种想象的位移，很大程度上削弱了原典的"悲剧"性质；我们读到的既非悲剧，更非喜剧，而是一出风格严肃、内容现实、冲突和问题最终得到某种解决的正剧。

托宾在创作谈中指出：

> 问题就是如何让一部当代小说的读者信服这样一个世界——母亲、母亲的情人、女儿、儿子，都是偏执狂，他们生活在一个类似家庭空间的地方，而不是在古希腊剧院的舞台上，也不是在翻译过来的古希腊

文本中。这个故事必须能独立存在，即便我写作时发生了与之相呼应的真实事件，即便书中许多人物脱胎于古希腊戏剧。

在埃斯库罗斯的《阿伽门农》中，卡珊德拉讲述阿伽门农家族的"人肉宴"，将血亲仇杀的故事上溯几代人，这一幕预告阿伽门农的死亡，其诅咒和预感的表达称得上是惊心动魄。《名门》写血亲仇杀，只限于阿伽门农夫妻和子女。小说不仅删除诸神、命运等超自然力量，而且将"人肉宴"的背景淡化。它将垂直的结构转变成一个横向伸展的结构，正如绝大多数现代小说所做的那样。你可以说它在写暴力，也可以说它在写男孩的成长、专制的秘密和哲学的隐喻——一种横向的、复合的、多元文化的构成。作家在当代政治语境中思考神话改编，将暴力看作是一种难以容忍的司空见惯的现象。他对暴力的关注和思考，让他倾向于更具普泛性的"将暴力戏剧化"的主题。

从思想上讲，托宾不同于《血色子午线》的作者科马克·麦卡锡，后者将暴力和杀戮视为人生在世的常态，人们生活在这堕落的世间，邪恶横行，公正缺失，而上帝的沉默亘古如斯。托宾不属于这样一种强调原罪的体系。他是一个温和的人文自由主义者。他试图探索邪恶，想象邪恶，也试图摆脱邪恶，涤净邪恶。换言之，他对暴力的戏剧化表现包含着他对和平与净化的祈愿。

小说结尾部分写到利安德的家族惨剧，利安德作为义军领袖在外组织反抗力量，埃癸斯托斯派人将他全家人杀光，屠戮之前，家族的男性长者被迫围观歹徒轮奸利安德的妹妹伊安忒，轮奸之后再将他们一个一个杀死，尸体堆压在伊安忒身上，只有这个女孩被允许活下来。小说最后有一个情节设置，利安德和厄勒克特拉提出要求，让俄瑞斯忒斯和伊安忒结婚，把轮奸时怀上的孩子生下来。我们来看一个细节描写：在产房外面，俄瑞斯忒斯和利安德等待新生的婴儿——

他们朝外走去，站在台阶上，一眼望尽那黎明的晨光，现在已更为光亮，也更为完满，无论这世间有谁来了又去，有谁新投生于此，又有何事被遗忘或记起，每当白日来临，这晨光都会永远如此光亮、完满。总有一天，一旦他们自己作古，步入黑暗，步入永久的阴影中，那么发生过的事将不会再萦绕人们的心头，也不再属于任何人。

小说结尾的象征意义，读者或许是不难领会的。也只有从象征的角度才能够解释俄瑞斯忒斯何以必须和伊安忒结婚，充当"孽子"的父亲。让他成为这个孩子的父亲，也就意味着人们在"黎明的晨光"中达成新的祈愿，卸去罪孽的重负，结束暴力的循环，意味着他以及他所代表的这一代人将跟历史的暴力和污秽和解。

库切的《耻》中也有类似的处理，露西不听劝告，要将那伙黑人强奸犯的"孽子"生下来，以沉默和遗忘来面对施加于她的暴力。从情感逻辑讲，这种选择也会让人感到困惑，人们既然是历史的承担者、受难者，则一定有诉诸历史和公义的权利，何以必须选择遗忘？为了新生和康复，难道就必须背转身去将历史的面孔转换为自然的面孔？

我们看到，在托尔斯泰的《战争与和平》中，在帕斯捷尔纳克的《日瓦戈医生》中，大自然总是保持着超脱和慰藉的属性，给历史的苦难提供一个出口；仿佛对人文自由主义者而言，宏大叙事中的自然和历史存在着一种平衡力。《名门》不是这种类型的宏大叙事，但它以诗性的隐喻建立平衡。小说不仅在结尾，而且在叙述的中段安排了类似的出口，那个孤老太婆的空房子接纳了从集中营潜逃出来的男孩，构成从暴力中得以缓解的一幕。孤老太婆的那座"飘满名字的屋子"（House of Names），保存着神灵和逝者的传说。相对于现实的恐怖、血腥，它的存在无疑是具有心灵抚慰的功效。

神话已然衰落，变成诗性的隐喻；那些精美地镶嵌的隐喻则含有冥思的意味，仿佛隐隐拥有抵御现实的力量。正如厄勒克特拉后来对弟弟说的："你应该庆幸你与这个旧世界有过接触，在那座房子里它曾用它的双翅轻触过你。"

这个弟弟，俄瑞斯忒斯，可以说是《名门》中最出人意料的角色。他性格内向，无精打采，游离于现实世界之外。周围的人真的理解他吗？他理解人们对他的期望吗？他挥刀弑母的行为总好像显得动机不足。他能否担当父亲的角色似乎也让人存疑。

这个角色塑造得十分阴柔，究竟在多大程度上实现了作者自述的创作意图，读者自可加以判断。在托宾的理解中，俄瑞斯忒斯低调而平凡，他是一个被姐姐和朋友操控的人。如果说人们并不存有杀人的意图却参与了暴行，那么温和顺从也就有可能是包藏凶险，心不在焉的目光也完全有可能是鬼魅的凝视。俄瑞斯忒斯的形象显示暴力难以识别的面目。

暴力的匿名性和不确定性的表现，也许算不上是一种新的发现和描述（科马克·麦卡锡的作品中就不乏其例），却是《名门》试图让我们关注的。此种存在似乎是惰性的，机遇性的，倏忽即逝的，而在托宾看来实质却是恒常的，轮回转世式的。如此说来，托宾想象邪恶，试图摆脱邪恶，涤净邪恶，怕也未必相信邪恶是能够涤净的。

（2021年）

他的爱情、童真和"永无乡"

——《大莫纳》第三版中译者序

一

阿兰-傅尼埃（Alain-Fournier），原名亨利·阿尔邦·傅尼埃（Henri Arban Fournier），1886年10月30日出生于法国中部村镇夏佩尔-东吉永（La Chapelle d'Angillon），父母亲是乡村教师。1903年进入巴黎的拉卡纳尔中学就读。中学毕业报考巴黎高师，并开始写诗，结果两次都未能考上，其后入伍当文书。1905年在伦敦的奇斯维克区（Chiswick）工作。1912年，《大莫纳》（*Le Grand Meaulnes*）在《新法兰西评论》连载，受到好评。1914年夏天第一次世界大战爆发，随部队开赴前线，于当年9月在圣-雷米（Saint-Remy）遭遇德军伏击身亡，年仅二十八岁。

遗作《奇迹集》（*Les Miracles*）出版于1924年。与雅克·里维埃的《通信集》出版于1926年。《家庭通信集》出版于1930年。另有未完成的小说《科伦贝·布朗歇》（*Colombe Blanchet*）存世。除《奇迹集》中的诗歌、故事和随笔，完整的创作只有一部《大莫纳》。

《大莫纳》（许志强译，上海文艺出版社2023年）的故事背景是作者童年生活的那一带乡镇，几个主要的地名都在小说中出现。夏佩尔-东吉永是属于中部内陆地区，北有隶属于歇尔县（Cher）的布尔日镇（Bourges），与索洛涅（Sologne）接壤。索洛涅是位于歇尔和卢瓦尔（loire）之间的一个渔猎区，胡格诺教徒遭到驱逐后变得荒凉，遗落下不少旧庄园和大城堡。作者便是在这人烟稀少的地区度过了童年。

亨利·米勒在评论《大莫纳》时谈到该地区，他说：

> 这是一个以其态度温和、气氛和谐、说话谨慎而闻名的地区，是一个已经"人性化了几个世纪"的地区，正如某位法国作家所说。所以，这里实在是太适

合于产生梦幻和怀旧心理了。

傅尼埃一向重视故乡的童年感受。在写给父母的信中，他曾深情回忆儿时的种种感觉。十五岁时计划写一本书，叫作《领地的人们》(Les Gens du Domaine)，此书被看作是《大莫纳》的雏形。它还没有情节，只有描写塔楼、老井或细沙路的片段场景。缘于童年的视觉形象乃是作家的创作母题。可以说，乡村少年胆怯的梦幻气质，孕育了他的诗人意识——倾听远方或"梦土"的召唤。他对冒险的渴望也是缘于这种气质。

傅尼埃自幼向往大海，立志成为海军军官，将英国视为冒险的国土。儿时最喜爱的读物是《鲁滨孙漂流记》。而英国、海军军官、鲁滨孙等在《大莫纳》中也反复出现。该篇独具特质的孩童想象，萦绕着作者自孩提时代起就念念不忘的"看海去"的心愿。

日后成长过程中，他的梦想逐渐被赋予超现实的意味；他以"梦土""无名的国度"等说法暗示某个微型乌托邦的存在。《领地的人们》中有这样一个场景：严肃的儿童坐在教堂垫子上，对着火炉翻阅照相簿，有些人在吃面包，碎屑掉落在打蜡地板上，或许为此要受到轻声呵斥，而在房子某处一个温柔优雅的女人在弹钢琴……此类场景照射着一道奇异的幸福之光，在《大莫纳》的游园会章节中出现，并且被赋予了华托（Jean Antoine Watteau）的洛可可绘画所传达的乡村宴会和花衣小丑的喜庆气息，构成全篇梦幻的中心。

傅尼埃的生活和梦想好像就是为这一部作品在准备的。这部描写学童生活的小说，把童年的白日梦和青春的浪漫奇遇写了出来。和兰波的作品一样，它表达的是短暂人生的梦幻的精华。

二

关于《大莫纳》的创作，有两点背景材料需要交代一下，和作者在巴黎的生活相关，主要来自雅克·里维埃的讲述。里维埃是《新法兰西评论》的主编，是作家的中学同学，后来成了他的妹夫，他们有着共同成长的背景。

傅尼埃在巴黎的拉卡纳尔中学就读，学习拉辛、卢梭、夏多布里昂等经典作家的作品，这些大师的作品似乎未能让他产生特别的印象。有一天，老师在课堂上朗诵了亨利·德·雷尼埃的诗作，那种新的调子立刻打动了他。

里维埃回忆说：

> 我们遇到的那种语言是特意为我们挑选的，如此
> 令人激动，而从前并不知晓，那种语言不仅安抚我们
> 的感觉，也向我们揭示我们自身。它触及我们灵魂中
> 的未知区域，拨动我们的心弦。

雷尼埃是后期象征主义诗人，《乡村迎神赛会》的作
者，深受魏尔伦和马拉美的影响。老师的课堂打开了一扇
门。傅尼埃开始接触象征派文学，诸如颓废诗人于勒·拉
弗格、旧教诗人弗朗西斯·雅姆，以及纪德、克洛岱尔、
兰波等人的作品。

他最喜欢的是拉弗格和雅姆。拉弗格的讽喻（"美丽
的满月像财富般肥胖臃肿"），雅姆的稚拙（"我像驴子
那样厮守卑贱而甜美的贫困"），最合他趣味。气质上，
他认可信奉天主教的诗人，雅姆、克洛岱尔、夏尔·佩吉
等；这些诗人的共同点，宁可忧愁而不接受理智，偏爱自
然和幻觉，对乡村少年傅尼埃的吸引力不难想见。尤其是
雅姆，善于融合神秘和现实，描写乡村日常面貌，从"餐
厅古老大柜子、不发声的杜鹃时钟、散发油漆味的餐具

柜"等物件中捕捉活生生的"小灵魂",这种天真的倾向在傅尼埃的创作中有所体现。

中学毕业后他开始酝酿、创作《大莫纳》。他说,他要表现"别样的风景"(Other Landscape),描绘那个居住着孩子们的"无名的国度"(Nameless Land)。主流现实主义不合他的要求;现实主义只借助"一点科学和尽可能多的平庸的日常现实:将整个世界建立在这上面"。这是他对巴尔扎克的看法。而他倾向于"从梦想到现实不断地敏感地来回穿梭""只有当神奇紧密地嵌入现实时我才喜欢它"。这些言论表明其观念和趣味,预示《大莫纳》的创作美学。

在巴黎发生的另一件事对他也很重要。1905年6月1日(圣母升天节),他在街头邂逅一名少女,一见钟情。这件事情,他的诗作和书信里都有记录,里维埃的回忆也提供了相关细节。

在巴黎库拉雷纳区遇见的少女,名叫伊冯娜·德·奎夫古(Yvonne de Quièvrecourt),傅尼埃在书信中称她为Q小姐。约会时那位少女很矜持。他谈自己的梦想和计划,她聆听,偶尔轻声反驳:"但是何必呢……何必呢。"他们在塞纳河划船,在一个废弃的码头登岸,她的神态像是对他说:"我们必须分开。我们是很傻的。"约会结束,他倚靠在桥柱上目送她远去,她在消失前回过头看他,可他没有跟随。

约会的第一个周年纪念日,他去老地方等待。她没有来。他总是在等待,无法找到她,她留的是以前的地址。再次报考巴黎高师落榜后的一天,友人带来消息说她已结婚,住在凡尔赛。他在给里维埃的信中说:"Q小姐去年冬天结婚了。现在除了你,亲爱的朋友,还有什么留给我的呢?"

他在很长一段时间里都不死心,多方打听,苦苦寻找。他和她再度相遇是在第一次约会的八年后。阵亡前一年,他给里维埃写信说:"她确实是世上唯一能给我以安宁和休憩的人,而我这一生怕是再也得不到安宁了。"

巴黎街头邂逅的少女,最终是以伊冯娜·德·加莱的形象出现在小说中。自从库拉雷纳的少女进入他的心灵,有关"无名的国度"的构想也发生了实质性变化:它超越童年的印象和回忆,散发出象征的魔力和浪漫爱情的气息。

在一首题为《穿过夏天》的诗中,傅尼埃写道:

正是在这儿……靠近你，哦，我远方的爱人，/
我走去，/……向着你所在的古堡，你是多么温柔而
高傲……小船发出引擎平缓的噪声和汩汩流水声。

诗中描绘的"远方的爱人""古堡""小船"等，还有
邂逅Q小姐的纪念日，包括初次约会的情景等，出现在
《大莫纳》的不同章节中。

以上所说的两件事，评论界通常认为是傅尼埃生平和
创作中的大事件，关乎作家的文学教育和灵感来源。

这位英年早逝的诗人，性情胆怯又无畏。他喜欢冒
险，读中学时就是一个带头反抗陈规陋习的造反派。在飞
机尚属新生事物时便有了飞行的体验。在巴黎曾和当红女
伶谈恋爱，还为一位未来的法国总统操刀写作政治宣传册
子。旅居伦敦期间，担任过诗人T.S.艾略特的法语文学教
师。艾略特这样评价他："教养无可挑剔，拥有不张扬的
幽默感和极大的个人魅力。"

我们从《大莫纳》的叙述中亦可领会到那种"不张扬
的幽默感"；从叙事人对父母亲和外公外婆的描述，对莫
纳迷路时一举一动的刻画，等等，均可感受到那种略含笑
意的注视。他拥有极好的幽默感，正如他拥有罕见的童

贞感。

　　傅尼埃在巴黎写作《大莫纳》，住在卢森堡公园附近的一条街上。他在致友人的信中说：

> 如果说我这个人向来有些孩子气，软弱又傻气，那么至少是有这样一些时刻，在这个恶名远扬的城市里，我还是有力量创造我的生活，就像创造一个奇妙的童话故事。

　　《大莫纳》出版的隔年大战爆发，傅尼埃应征入伍，于当年9月不幸阵亡，应验了他生前的一句诗——"九月打中我的心脏"。但清理战场时并未找到他的遗体。尸骨直到1992年才被法国政府找到，检测结果是额部中弹，应是在伏击战中当场阵亡。将近八十年后，有关其下落的这桩悬案终于有了结论；傅尼埃的亲故至交，包括Q小姐，多半已不在人世，只有喜爱他的读者或许才会为这迟到的验证而感叹唏嘘吧。

三

亨利·米勒说，傅尼埃"肯定算不上是一个伟大的法国作家，但他是一个随着时光的流逝在法国人心中变得越来越珍贵的作家"。他认为，《大莫纳》久盛不衰的原因是在于"把内心和外界的景色融为一体，从而产生一种无穷的魅力"，"笼罩它并赋予它魅力和苦涩味的神秘氛围是源自梦幻与现实的结合"。

这个说法和评论界的意见是一致的。郑克鲁在其《现代法国小说史》中指出："阿兰-傅尼埃采用了现实与梦幻相结合的手法来描写故事，这是小说最大的特点，也是评论家所称道的地方。"

作家曾明确谈到他的艺术追求。他说：

> 我在艺术上和文学上的信条是：童年。达到完全的成熟，达到现有的深度触及了那些秘密。……我的梦幻似乎是无边无际的。那模糊的孩提时代的生活占有主导地位，其他的一切都是衬托。它们闹哄哄地不肯散去，其嘈杂声不绝于耳。

除了表明"怀旧"和"梦幻"在其艺术思想中占据核心地位，他还断然将童年生活之外的一切存在都加以剥离，斥之为"噪音"和"次要的衬托"。也就是说，其他的一切都不值得重视。他声言这是在"达到完全的成熟和现有的深度"时形成的信条。

也就是说，《大莫纳》表达稚气的幻想是基于作者清醒的反思，是在其信念的层次上拥抱童年生活的价值。这种"拜童年教"的立场无疑是包含着他的批判和抗拒。从《大莫纳》这本书和作者的生平事迹中，都可以得到相关的印证。

举个小说之外的例子。

傅尼埃在报刊发表的处女作是一篇短文，题为《女性的身体》（*Le Corps de la Femme*），文章宣扬圣母、贞洁之类的观念，对古希腊古罗马美术的裸体崇拜颇为反感，主张女人应该穿上衣服，通过衣裙尽显其身体的纤弱之美，但要兼具农民的淳朴和春天薄暮的芬芳。这就是他所讴歌的数世纪以来形成的基督教的理想之美，和他所推崇的英国拉斐尔前派的绘画精神也是契合的。

据说这篇文章是为取悦 Q 小姐而作，后者是虔诚的天主教教徒。虽然文章未能打动她，没有达到求爱目的，但或许有助于理解作者的心迹，他对这位戴宽边帽的女郎何以如此痴迷执着。《大莫纳》的城堡公主伊冯娜，神态庄重而轻柔，优雅的举止透着难以接近的神秘。这个人物无疑是体现作者的理想之美，折射出他内在的神秘主义冲动。

《女性的身体》一文表达的观念不合时代潮流，不少人会对此不屑一顾。事实上，他那种旷日持久的天主教信仰的冲动最终也落空了，几度想要皈依而未果。但或许可以说，他在《大莫纳》的创作中注入了一种与非世俗信仰相近的东西，一种几乎是静止的纯真和美丽。

对此不妨稍做展开分析。

一方面，作者描绘了历险的动态及其颠覆性功能。莫纳桀骜不驯，证明了野性的非凡价值：奇遇是靠大胆和莽撞才创造出来的。另一方面，耐人寻味的是，这个有关少年冒险的故事也在表达对"存在的静止性"的渴望。

莫纳逃学，使得静止的一切都开始流动起来；这流动的时间不是单向的，而是进入一个过去和现在之间不停往返的螺旋形结构，使故事呈现复杂的迷宫效应。

我们看到，这是莫纳和弗朗茨创造的故事；这也是弗朗索瓦讲述的故事。在后者的讲述中，莫纳和弗朗茨共享的领地变成了"梦土",既是在时间之内也是在时间之外。叙述人告诉我们,莫纳和弗朗茨共享的"梦土",正是以其"存在的静止性"而令他们念兹在兹,令他们力图保留其存在的每一块碎片。碎片是时间的产物。比碎片更诱人的是超乎时间的存有,是幻影,是渴念,是整全!

神秘的领地和游园会并没有超乎尘世,它受到时空限制和时光流逝的侵蚀,但游园会的奇妙氛围在莫纳的心里却滞留不去,演变为一种真正的传奇和神秘,而当城堡公主和神秘领地重新进入现实时,这一切便注定要崩塌,要在重聚和团圆中死亡。

叙述人弗朗索瓦的讲述似乎成了唯一的救赎——艺术的救赎,因为只有在回顾和讲述中,莫纳误入城堡的故事以及那种"存在的静止性"才又得以复现,透过莫纳历险时曾经揭开的那道面纱,女主角的萦回难忘的美丽定格于眼前,而城堡那种不可名状的难以接近,时而投照着童贞开启的一片曙光,时而笼罩着童贞失落的一层暮光,呈现孩子气的幻想才能捕捉到的面貌。小说贯穿的是这种具有浪漫性关联的时空感和梦幻感。如果讲述人不是弗朗索瓦,误入城堡的不是莫纳而是亚士曼·德鲁什,那么这个故事也许就不会那么曲折、富于奇想和梦幻了。

这种幻想按照作者的说法是无边无际的，使得小说中写到的一切事物——家园、校舍、乡野、塔楼、冷杉树林和孩子们的歌声都漂浮在如梦似幻的记忆中，在流动的时间和"存在的静止性"之间时隐时现，萦绕往复。

四

作为一部经典的成长小说，《大莫纳》究竟在何种意义上契合我们对成长小说的定义，这是值得思考和探讨的。鉴于叙述人及两位男性主角是如此孩子气，我们恐怕难以在一般所谓的成长的意义上来理解这个故事。

这几个人不仅是孩子气并且只愿滞留于童稚阶段。即便小说有一半篇幅是在写青春，写恋情，人物向成年过渡的环节也几乎总是处在萌芽状态。莫纳、弗朗茨、瓦朗蒂娜的爱情纠葛，本该构成成长小说的聚焦点，将选择、责任和成熟的代价突显出来，而《大莫纳》并非没有涉及选择、责任和冲突的道德意义（否则莫纳何以要在新婚之夜离弃爱人，心急如焚地去纠正他所犯下的那个"错误"呢？），但在叙述人的讲述中，三角恋及伊冯娜的死亡，给莫纳的历险提供结局，而较少在常规意义上聚焦于成长的主题。

焦点还是在于童年梦幻和平庸现实的二元对立，针对的是失落的领地所具有的迷宫效应。

至少在叙述人看来，最大的失败和伤痛是孩子气的梦想遭到否定，是大莫纳的离去和伊冯娜的死亡，是这个有关承诺和背叛的游戏趋于终结，再也玩不下去了，因为时间超越了童年的迷宫以及迷宫的一切后续效应；一言以蔽之，是神奇不再，青春终结，一切复归于庸常，这也是小说在开篇和结尾以惆怅的语调所做的总结。

至于成长小说的重要母题——有关自我同一性危机的传统母题（即"自己该成为什么样的人？"），它必定在人物身上施加的迷惘和痛苦，只在叙事人弗朗索瓦身上轻轻触及。对主角莫纳和弗朗茨来说，自我同一性问题显然不成问题，他们是那种长不大的孩子，童贞常在，异想天开，似乎注定要在所有老年人的哀叹声中嬉戏般地消失。

《大莫纳》被誉为经典的成长小说，具备成长小说特有的青春意识、时间框架和仪式化情节。但是也不难看到，直到小说的叙述结束，所谓的"成长"也始终是悬而未决；其"反成长"的牵引力是如此之大（正如塞林格的《麦田守望者》所表现的那样），将它称作是非典型的成长小说或许会更确切些。说它"非典型"并不意味着这是缺陷，倒不如说正是表明一种特色，和同类小说相比它所具有的独特魅力。

我们有理由相信，莫纳把女儿裹进斗篷又开始新的历险，他的故事未完待续，会有新篇。我们更有理由相信，这个做了父亲、留大胡子的莫纳仍是那个孩子气的莫纳——未见得成熟，并且永远将是迷人而可贵的不成熟。

五

《大莫纳》出版之后迷惑了几代法国读者，如今被译成四十多种文字，受到世界各地读者喜爱，它的吸引力不正是来自它对一个孩童忧乐园的奇妙叙述吗？

傅尼埃将这个创作主题概括为"童年"。前面我们讲到，他的创作也衬托着清醒的反思，包含着抗拒和批判。

作者着意描绘的纯真的童年，还包括纯真的乡土、纯真的贵族、纯真的农民所组成的那个乡村社会。这种美化的倾向反映了作者的社会意识；他对童年主题的书写，不只是出于怀旧的自发性冲动，也涉及文化意识形态的审视和关切。

在他看来，19世纪末的法国农村还保有数世纪以来的基督教信仰所建立的社会基础，这是他赖以生存的根基，但在世俗化、法制化、电气化和工业化的潮流中，宁静的乡村社会趋于瓦解，他对必将消失的"童年"的理解因此也包含他对社会变迁的感喟和忧思。他和同时期的爱尔兰诗人叶芝的思想相近，怀有乡村乌托邦式的迷恋，并且将此种乌托邦理念视为救赎之道。

我们看到，作者强调大莫纳身上的农民气质，把他描绘成擅长在乡野林地活动的"农民加猎手"，其野性和机敏，代表着卓越的农村孩子的品性；他是孩子王，也是传奇的英雄。其实莫纳并非农家出身，这在书中就有交代；他是被有意赋予了那种令人感佩的乡村气质，正如弗朗茨被有意赋予了纯真的纨绔子弟气质。

那么，书中的主角大莫纳和弗朗茨，他们俩的联手（联姻）合作是否也暗示了叶芝所表达的那种政治愿景，即旧贵族和受教育的农家子弟联合起来，重建一个被工业资本和殖民扩张所毁坏的天主教农业国？

这样说就有过度阐释之嫌，这不是小说表现的主题。但作者在随笔和政论文章中阐述过这种和叶芝相仿的政治理念。可以说，年轻的傅尼埃在创作《大莫纳》时达到了他所说的世界观的成熟。他的"拜童年教"的立场，也是源于乡村诗人对其所处时代的反思。

《大莫纳》写到"伊冯娜之死"有这样一段话：

> ……一切都是疼痛和苦涩，因为她死了。世上空虚了，假日结束了——那漫长的乡村马车旅行，还有神秘的游园会，也结束了……

毫无疑问，"伊冯娜之死"象征着童年以及乡村文化的凋落，这是在为旧时代的消逝谱写挽歌。

傅尼埃所处的时代，19世纪末20世纪初，是铁路、马车和煤油灯并存的时代。按照T.S.艾略特的说法，这是"一个具有强烈的时间意识的时代"，新生事物层出不穷，世界的面貌正在改变。如果说诗人在外部现实中会感觉到什么都不易抓住，抓不住永恒、上帝和"存在的静止性"等事物，那么他或许会像傅尼埃所做的那样，求助于怀旧、梦幻和想象的律动，赋予童年生活以魔力，甚至会以终极的视角来处理一个很小的主题——将童年生活的小角落转化为一个梦幻乌托邦。

一个有强烈的时间意识的时代，时间意识不会只是单向度地向前或向后。变动不居的外在现实也并非只有消极的意义。毋宁说，时间意识会在微观思想的层次上造成综合，它会给失落和伤感加上绵长的休止符，给梦想注入理智的讽喻和解析，给记忆增添迷宫般的幻景；它会赋予艺术家更为生动的视觉和更为敏锐的时空感，从而使作品的构造具有独创性，如《大莫纳》的创作展示的那样。

作者以精致如画的小段落、萦绕往复的叙述、淡入淡出的场景，讲述乡村学童的生活及其初始经验；以一种精巧的悲喜剧的方式，将童年生活的环境引入与其非世俗信仰相近的"永无乡"（Neverland）中，使之具有恒久的梦幻意味。

一个多世纪过去了，这部中译不到十五万字的小书不断赢得读者，从亨利·米勒、萨特、波伏娃、拉威尔、凯鲁亚克、马尔克斯、昆德拉、詹明信等艺坛名家、文化学者到广大的普通读者，都纷纷表示对它的喜爱和推崇。人们珍爱它，或者也是因为世间再也不会诞生《大莫纳》这样一本小书了。它是法国文学的珍品，是年轻的傅尼埃留给世人的礼物。

（2021 年）

中产阶级的欲望喜剧

——评《泽诺的意识》

一

伊塔洛·斯韦沃的小说《泽诺的意识》出版于1923年，距今差不多一百年了。国内近期出版了第二个中译本（文铮、虞奕聪译，陕西师范大学出版总社2022年），引起读者对这本书的关注。它是现代派文学的经典之作，但好像不太有名。作者是意大利作家，也不像皮兰德娄、卡尔维诺在中国那么大名鼎鼎。

斯韦沃是的里雅斯特人，前半生是奥匈帝国的子民。他的另一个身份是商人，在其岳父开设的一家生产海底油漆的公司担任经理，大半生是在业余时间从事写作，出版的小说作品均遭评论界冷遇。总是不能顺畅地写作，写出的作品又得不到关注，这种业余作家的苦闷斯韦沃是再熟悉不过了；他临近暮年，前途未卜，痴心不改。

不知道这是否算是奇遇，1905年，他结识了侨居的里雅斯特的乔伊斯，后者对他的作品大加赞赏，把《泽诺的意识》推荐给法国朋友。此书在法国翻译出版，一炮走红，作者遂不至于在默默无闻中被埋没。

乔伊斯靠做家教糊口，斯韦沃是他的学生（做油漆国际贸易需要懂点英文），学生比老师年长二十多岁。斯韦沃在课堂上写过一篇英语作文，写乔伊斯散步，写得不乏妙趣。他笔下的乔伊斯一派悠然自得的大师风范，拿着手杖，目不旁视，腰肢轻灵地扭动。这个描写让人想起《尤利西斯》的主角布卢姆，洗了澡从浴室出来，裤子后兜塞着一块香皂，步履有点飘飘然。

斯韦沃的英语作业使用的语言，就是他在《泽诺的意识》中操弄的那种语言，小说家的白描手法，语气带着点逗弄；抓住一个感触点不断分解，把一些琐屑的细节写得有声有色；这种语言像是在侧耳谛听，辨认音色调性，推敲句子结构，使得句子近似透明而包含诡秘。也就是说，真率和反讽兼而有之，简直是在玩弄效果，并且乐此不疲。他是一个凭听觉写作的作家。

据说，《尤利西斯》的布卢姆是以斯韦沃为原型。乔伊斯画过一幅人物速写，圆脸，八字须，画得像是老熟的生意人，而不太像是读者心目中的布卢姆（布卢姆没有翘起的胡须）。文学史上，乔伊斯和斯韦沃缔结了一段良缘，注定不再分开；说起《尤利西斯》就要讲到斯韦沃，讲起斯韦沃必定少不了谈到乔伊斯；斯韦沃在欧洲声誉日隆，跻身一流作家的行列，他被称为"意大利的乔伊斯"；好像没有人会说，乔伊斯是"的里雅斯特的斯韦沃"。

应该说，两个人的创作并不存在师承关系，风格也判然有别。诗人蒙塔莱在《向斯韦沃致敬》一文中说：

> 斯韦沃欲将为我们奉上时代的错综复杂之疯狂的诗篇。"旧式"小说的堤坝已经溃决，这将有助于激发他的灵感，斯韦沃将若隐若现、暗流涌动的精神分析潮流引入了他的世界之中。

这是从小说革命——即以1922年出版的《尤利西斯》为标志的文学革命——的背景来描述斯韦沃和乔伊斯等人

的纽带关系，他们让小说这门古老的艺术变得"错综复杂"和"疯狂"。而斯韦沃的作品的一个意义，是将这场变革引入意大利文学，或者说，是将意大利文学融入全新的"国际性"潮流，亦即我们称之为现代派文学的潮流。

《泽诺的意识》在文学史上的定位就此确立，并无异议。该篇有维也纳文化的先锋趣味（"精神分析的暗流涌动"），有资产阶级财富生活的写照，而后者是乔伊斯的作品所不具备的。《尤利西斯》描写都柏林，其城市景观融入了的里雅斯特的异国风味，而这座奥匈帝国的边陲港口城市，对斯韦沃小说的主人公而言，则丝毫没有"异味"，不会有《尤利西斯》主人公的那种疏离感，因为，此处是他的家园，是他的卧室和街道。泽诺的回忆录是在他祖传的卧榻上撰写的。

在斯韦沃笔下，资产阶级生活仍是故事孕育的土壤，滋生故事的心理、细节和道德氛围。《泽诺的意识》描绘资产阶级生活，是一篇典型的现代小说。它展现一战前这个历史时期的社会风俗礼仪，那种静态的梦境，酥脆的洛可可式的享乐主义。所谓的"精神分析的暗流涌动"，只能发生在这种有物质充溢感的叙述中。你无法想象"精神分析"施用于泰戈尔、沈从文等人的乡土小说，因为它和单纯质朴的人类无缘。资产阶级生活场景是现代小说以及现代心理学滋育的温床，这在泽诺的回忆录中便有较为清楚的反映。

这种所谓的新型小说仍是植根于旧生活的土壤，但思维和视角起了变化。它注入精神分析学的趣味，严格说来是写一种让人有些捉摸不定、不很稳定的意识状态，一种辗转反侧的神经质的"疯"；它使布尔乔亚四平八稳的生活时而显得布满裂缝，时而显得弥合如初，让人觉得这好像是一部不太正常的小说，而这种"不太正常"正是《泽诺的意识》的叙述调性，是其引人注目的特点。

二

《泽诺的意识》是第一人称自白，讲述童年记忆、父子关系、婚恋、交游及商务往来等。叙述人告诉我们，这是应精神分析师的要求而撰写的回忆录，目的是用于治疗。不过，叙述人好像并不相信这门科学，他一边写作一边对精神分析学冷嘲热讽，而且还在一个细节中表明他是如何逃避治疗的——买通看护从隔离病房逃出去，一走了之。他配合医生写回忆录，好像纯粹是出于对写作的兴趣，在写作中剖析自我、清理记忆。而要满足这种兴趣，似乎并非没有顾虑。也就是说，剖析自我是一件饶有趣味的事情，但问题在于我们能否厚颜无耻地谈论自我呢？

陀思妥耶夫斯基在长篇小说《少年》中就谈到这个问题，他讲得很清楚："除非成为卑鄙的偏爱自己的人，才能无羞耻地写自己的事情。"陀思妥耶夫斯基的意思并不是说，这样做好像不太体面，那就不写了吧；而是说，"我"知道这么做是不体面的，但"我"还是要做的，哪怕这里记录的思想其实挺庸俗，"我"也要把"我"想到的一切都写下来。这种明知故犯的心理在《地下室手记》中同样有所表露。它是否表达一种病态心理，姑且不论。可以肯定的是，它助长自我放纵和自我偏爱，并且是以一种清醒的姿态抗拒习俗。陀思妥耶夫斯基给这个姿态增添了小丑的表情，既流露自爱，又有字斟句酌的自我嘲谑，那种不怕出乖露丑的戏谑性独白，给任何文雅的话题都注入不协调的幽默感，其结果是造成了自白体叙述的一种独特语调，一种哲学性和喜剧性兼而有之的声音。

学界评论《泽诺的意识》，通常把该篇的创作和弗洛伊德、乔伊斯以及德语文学的影响联系起来。其实也应该参照陀思妥耶夫斯基的诗学传统。从喜剧性自白的角度看，其内在的关联是密切的，也是颇具可比性的。

泽诺的自白固然不像陀思妥耶夫斯基的人物自白那样地深刻，那样地有哲学思考的力度，其喜剧性表述却是一样地生动、富于刺激。它是如此地具有表演性，以至于任何心理或道德层面上的自相矛盾都具有了喜剧的合法性，都是作为喜剧材料而首先被加以利用的。

我们看到，叙事人谈论自我，回顾生平种种琐事，一个突出的特点是处处萦绕着丑闻的气息。"丑闻"是关键词。且不说叙事人在戒烟问题上屡屡食言，"从抽烟到发誓，从发誓到抽烟"，从来都未曾战胜过他的不良嗜好，他在婚恋问题上不也是像小丑那样行事，把求爱接二连三地弄成玩世不恭的玩笑吗？他爱上三姐妹中最漂亮的那个，结果却令人啼笑皆非，他向相貌最难看的那个表白，多少是中了他未来岳母的圈套，而他那种经常错位的言行岂非更应该为此负责吗？泽诺的言行逗人发笑；他谈论自己的荒唐、挫折和失败，谈得津津有味。此人尤其爱好自相矛盾的表述，而这就让他的自白染上一层古怪的恶作剧意味。

所谓"丑闻"，实质是一种自我暴露的方式；究其根源，与其说是取决于心理扭曲的程度，不如说是取决于意识自身的分化，是那种高度文雅的人热衷的游戏，心理的自我解析，将自我意识包含的（并不一定是事实所包含的）戏剧性冲突分离出来，像是用一把镊子将它们夹出来，细细加以端详。这类人似乎对自相矛盾和自我悖谬怀有隐秘的爱好。

一般说来，自相矛盾和自我悖谬在道德或哲学的意义上是严肃的，是会引起焦虑的，而在喜剧的意义上会变成一种半真半假的东西，让人不能很严肃地对待，也不能不严肃地对待。阅读《泽诺的意识》，读者有时也难免会感到困惑，不知道叙事人究竟是搞笑还是严肃，是病态还是健全。那么。同样的情况不也发生在陀思妥耶夫斯基的《地下室手记》的主人公身上吗？那种喜剧性自白，笑谑艺术，总是包含极大的含混性，构成一种庄谐并作的叙述。

区别在于，陀思妥耶夫斯基不管有多么戏谑，他创作的仍是19世纪的社会问题小说，而斯韦沃的《泽诺的意识》并不是一部社会问题小说，它没有特别的社会问题要在小说中探讨。作者也不像卢梭，把自白体写作视为斗争的武器，心里存着不止一个思想论敌。斯韦沃的主人公不像陀思妥耶夫斯基笔下的私生子和苦命人，本质上是并不愤世嫉俗的；他好色而疲于应付，身上洋溢着一种田园诗的情趣；因此，有人把斯韦沃称为"意大利的普鲁斯特"、把《泽诺的意识》比作《追忆似水年华》，是有几分道理的。斯韦沃演绎的是情欲的执着和迷误，他创作的是一部关于欲望的喜剧，尽管规模比普鲁斯特的作品小太多了，将它置于"风流喜剧"的范畴中却也并无不妥；它将情欲的盲目、恋爱的艰辛、精神的罪责和大胆的洞见丝丝入扣地表述出来，写得婉转、跌宕，饱含幽默。

现代喜剧（较之于莫里哀、莎士比亚、狄更斯的喜剧）的一个突出特点，是叙述人，通常就是主人公的高度文雅；这种所谓的文雅是反传统的，它恰恰不能在社会交际和沙龙文化的层面上获得一个舒适的定义；它追求心灵格格不入的孤独，而非特定的人文造诣和人格圆熟的境界；它是不安的、忧郁的、不太舒适的，像是被多余的意识所困扰；换言之，它突显的是心灵的孤独——不是寻常意义上的孤独，而是精神必须为之担负罪责的那种孤独。这在陀思妥耶夫斯基、卡夫卡的作品中不是屡可见到的吗？

可以说，现代文学的洞见和悲喜剧模式是源自这种高度文雅的精神，一种自我沉溺、向内转的意识，不为任何定见所束缚，从心灵晦暗幽深的井水中汲取灵感。《泽诺的意识》的"意识"一词，从精神分析学的角度讲是代表着一种顽疾，一种人格的分裂，从文学创作的角度讲则是代表着一种内省和分析的方式，因此小说不只是在展示一个资产阶级子弟的成长经历，它还展示了一种极端文雅的意识，让小说的叙述变得神经质，显得不同寻常。

《泽诺的意识》共分八章，一个两头尖中间圆的橄榄形结构：前四章（"序言""开场白""抽烟""父亲之死"）和第八章（"精神分析"）属于一个序列，中间三章（"我结婚的经过""妻子与情人""贸易公司的故事"）属于一个序列。该篇的叙述有这样一个特点，叙述越是支离破碎就越是富于刺激（前四章和第八章），而故事相对完整则反倒显得郁闷，其喜剧性的能量似乎减弱了（中间三章）。何以会如此？

要说喜剧性，应该数中间三章的喜剧性最浓厚才是；它交织着两条线索，一是泽诺的苦涩的婚恋（包括婚外恋），一是圭多（泽诺的连襟）的失败的事业；这两条线索都是喜剧性的，都是和盲目的欲望、可悲的巧合、可笑的挫折有关，充满了让人忍俊不禁的桥段，而其喜剧性则包括这样一层亮色：泽诺的苦涩并不全然是苦涩，也含有啼笑皆非的喜悦，而圭多被失败逐渐削弱优越感，反倒令他的形象变得越来越可爱。圭多和狄更斯、乔治·艾略特小说中的人物显然有亲缘关系，那种令人揪心的自负、一意孤行，让他在破产的境地中越陷越深，他所唤起的怜悯，我们在《荒凉山庄》《米德尔马契》等篇中已经感受过了。圭多弄假成真的自杀，泽诺认错葬礼的荒唐，这些高潮段落展现出作者无可置疑的喜剧才华。

说中间三章的喜剧性减弱了，这肯定是不恰当的。也许这么说会比较确切，喜剧的高光并没有带来强劲的破坏力，让泽诺的故事别开生面；喜剧似乎反倒是让"泽诺的意识"暂时休眠了，而这种"意识"在前四章和第八章中噗噗冒泡，如此活跃，缺乏规律，其"错综复杂之疯狂"让读者感到，这种描写是新的，它摈弃了程式化的套路，不依赖情节线，像是垂直潜入一口深井。

斯韦沃不像乔伊斯，后者对程式化的路径依赖完全不感兴趣，《尤利西斯》每个章节都是在破坏这种依赖；斯韦沃则仍着迷于风俗喜剧的惯性法则，其笔下的人物关系和人物命运离不开情节链的锁定和阐释，中间三章的叙述便是这样确立起来的。

然而必须看到，以"精神分析"为名目的支离散漫的章节，一定程度上脱离了情节链，形成另一个序列的叙述，那就是我们在小说开篇读到的令人愕然、妙趣横生的自白，一会儿谈抽烟，一会儿谈父亲，而小说的最后一章又回到这个叙述节奏，一头一尾将小说包嵌起来，形成两头尖、中间圆的橄榄形结构。

这个序列的叙述正是此书别开生面的奉献。它奉献一种倾心交谈的喜剧风格；其悖谬之处在于，这个言说主体尽管睿智亲切，却处在一种非人格化状态——精神分析的前提就是预设其分析对象的人格不健全；而言说者对此并不否认（只是否认这种分析的治疗作用），进而在自我审视的意义上将其病态的敏感和盘托出，将欲望、隐私等不体面的内容兜底暴露出来——暴露城市资产阶级隐秘的心理内核，其隐秘和暴露之间的张力则构成喜剧性言说的基础。

陀思妥耶夫斯基断言："除非成为卑鄙的偏爱自己的人，才能无羞耻地写自己的事情。"其实，谈论自我并不一定就是厚颜无耻。泽诺的独白比寻常的自恋更进一步，以精神露阴癖（未必是和肉体露阴癖一样猥亵）的方式创造了一种欲望喜剧，通过可疑的人格和露骨的陈述表达不寻常的洞见。它呈现欲望，却不让人格有升华的机会。较之于19世纪小说强大的道德化倾向，它轻言戏语，显得有些轻飘飘，而这种刻意为之的"轻"和"谑"，正是该篇与众不同的质地；它比施尼茨勒的作品少些黏稠，多了喜剧的轻盈、洒脱。它说精神分析学的坏话，好像预料到弗洛伊德将会难掩其失望，故而假托"S医生"（S是弗洛伊德的名字"Sigmund"的首字母）为此书作序，煞有介事，出他的洋相，真是够促狭的。其实，斯韦沃（和施尼茨勒一样），受惠于弗洛伊德的潜意识学说，这一点不必否认。

三

关于这部小说，有一个问题还需要略作论述，即斯韦沃的欲望喜剧具有何种可阐释的伦理意义。它打着精神分析学的幌子进行临床观察，难道目的只是耍弄花招来嘲笑这种"科学假说"？

相当程度上可以说，该篇的意图便是限于这种针锋相对的嘲谑；嘲笑"恋母情结"，嘲笑"梦的解析"，嘲笑药物治疗和精神分析的混合使用其实是缺乏理据的，嘲笑精神分析学只是让人增添心病而不是将患者治愈。泽诺认为，他想和两个女人同时上床是因为性欲，而不是什么特别的毛病；最近想女人想得少了是因为衰老了，并无其他缘由；他的精神变好了是因为生意做得顺手，和治疗没什么关系。

泽诺是一个不信仰宗教的有文化修养的人。总的说来，他是那种温和的人生哲学家，对人的愚行不怎么计较。他好色，但也不比常人多一点变态。他嫉妒，有占有欲，却不乏良心发现，对爱人（包括对婚外恋女友）、对朋友，都抱有正常的责任感。如果将自白的语言那种病态的高雅剥除，泽诺是否不过是一个普普通通的男子？是的，而且是一个普普通通的小说主人公，缺少"主人公"（hero）一词暗示的英雄气质。

在法国理论家罗兰·巴特、福柯等人的预设中，精神分析临床诊断的对象，应该是资产阶级家庭的"持异见者"，或者说是其人格解体过程的无辜受害者；资产阶级父权制的压迫是罪魁祸首，而那些被惩罚的个人实质是具有非凡的纯洁性，应该凭一己之力反抗突破社会道德准则，从而获取自由。福柯的《疯癫史》和萨特的《圣热内》暗示这样一个逻辑。总之，在他们看来，个体主义反抗是题中之义，这使得资产阶级家庭具有了意识形态的特殊含义。罗杰·斯克拉顿在其《激进疗法》一文中对此有专门论述，可供参考。

《泽诺的意识》会让这些法国理论家感到失望。父权制的压抑在第四章"父亲之死"中专门有描绘，但儿子（泽诺）并不认为他自己是纯洁无辜的，并不认为他自身之外的一切都是不合理的。再说，他本人就是资产阶级法权体系的受益者。他用戏谑的语气讲述父子关系，这种讲述本质上是调和而非反抗，而这也正是喜剧属性的一种表达。

喜剧是一种调和而非反抗；除非加入意识形态内涵，像法国理论家爱好的那样，否则是难以形成尖锐的伦理主题的。《泽诺的意识》的特点，如上所述，是以心理化的语言呈现一出欲望喜剧；主人公讲述他的故事，语气自相矛盾，真假参半，会给人一种操纵叙事的不可靠印象，正如詹姆斯·伍德所认为的那样。其实，他的讲述并未超出小说的权限，即，暴露自我和他人的隐私，讲述欲望的活力、迷误和磨难。如果说叙述人有伦理关注，那么这种关注在小说结尾时就有所强调：在这个思想意识和科学工具剧烈进化的时代，人类该如何获得健康？

在泽诺看来，精神分析之所以不必要，是因为它不解决根本问题，它只是人类野蛮生长的一种伴生物；人类离开了"大地造物主的法则",创造了进化的器具，也创造了疾病；除非是病入膏肓的人类发明一种炸药，将地球炸毁，否则，任何获取健康的努力都是徒劳的。

泽诺的伦理关注，在文明批判的意义上无疑是悲观的，在生活哲学的意义上则是达观的。他说，"我原谅大夫把生活视为一种病症""生活有一点像是病症，时而遇到危机，时而化险为夷，要么一天天好转，要么一天天恶化""生活经不起治疗。这就好比把我们身上的孔穴当成伤口完全堵住，一旦治愈，我们就会窒息而亡"。

大概没有人会否认这种睿智、中肯的见解。泽诺的欲望喜剧体现了一种幽默和包容，一种对生命处境的沉静、自明的描述，不轻忽尘世微小的幸福，不排斥内在欲念的骚扰。就此而言，泽诺和乔伊斯笔下的布卢姆很有点相像，这两个人都是以放肆的自我暴露让我们震惊，其实是既不愤世嫉俗，也不故作姿态；他们自矜自喜，恋恋风尘；他们是文雅聪慧的"欧洲人"，是别有意趣的喜剧角色。

值得注意的是，蒙塔莱撰文号召"向斯韦沃致敬"，可他谈起这种类型的创作，却是不无保留的。他认为，《泽诺的意识》是"我们的文学对那一堆炫耀其国际性的书籍的贡献，那些书歌颂了全新的《尤利西斯》——欧洲人——那使人解颐而又令人失望的无神论"。

无神论是一个宗教概念，也是一个文学现象。从文学史角度考察，近代欧洲小说的演变大体而言是呈现一条向下的抛物线，朝着自然主义、肮脏现实、无神论思想不断沉降。我们知道，《悲惨世界》有着对黑暗现实的尖锐暴露，但它绝不是无神论的。《情感教育》则是彻头彻尾的无神论，其突出的标志是主人公的非英雄化面目，这种非英雄化倾向在存在主义文学中趋于极端，出现了反英雄（anti-hero）、人格解体等表现。以此观之，司各特的英雄主义传奇、狄更斯的基督教人道主义升华已成明日黄花；而无神论的文学则难以在这个精神层次上找到满足和替代，或许因此会让读者感到失望。卢卡奇对现代派文学的批评，实质也是出于这种世界观层面上的失望。

从这个立场评价《泽诺的意识》，认为它和《尤利西斯》一样，"使人解颐而又令人失望"，这也是表达了一种观感。弥漫于欲望喜剧中的空虚的道德氛围，显示生活庸常的形相，似乎终究是难以给人慰藉和激励。

泽诺的自白——总的说来——其道德氛围是有欠充实的。不过，我们不能把这种"空虚"视为败笔。可以说，

"空虚"是一种透视的结果，是对有洞见的心灵敞开的存在之形相。斯韦沃对布尔乔亚社会的心理刻画，他作为小说家的洞察力，于此表现得最为出彩。

小说前四章，尤其是"抽烟""父亲之死"等章节，其日常生活的呈现有着特别真实的表现力。离开这种"空虚"，叙述也就不会显得那么别具洞见了。一切都浸润于"空虚"之中，其画面和景深含有某种感人的深邃和忧郁。书中描写死去的父亲在入殓时打了儿子一记耳光——胳膊在惯性作用下机械摆动，正好一巴掌打在儿子脸上。这个滑稽的情节，将儿子心有余悸的罪孽感表现了出来；要说这是在表现父权的压抑，那也不会比卡夫卡的作品少一些精彩的。

总之，斯韦沃对布尔乔亚社会的心理描绘很出色。他像陀思妥耶夫斯基那样，通过一颗悖逆而摇摆不定的灵魂来表现一个已然变动的市民社会。也只有一流小说家才能做得这么出色。

（2022 年）

辑　二

我们是另一种狗

——评《失明症漫记》

一

葡萄牙作家萨拉马戈出版于1995年的小说《失明症漫记》（范维信译，河南文艺出版社2022年），讲一场"白色眼疾"席卷某市，使人们陷入失明和动荡，遭遇匪夷所思的命运。这个构思颇似科幻寓言。

将该篇置于不同时段阅读会有不同感受。在和平年代，它是一篇满纸荒唐言的故事，具有假想和警示的意义。欧美文学中，这种类型的创作为数不少，诸如末日寓言小说、大灾难小说、"后启示录"小说等，都是"从当下做出推断，假想未来可能的发展状态，对作者所处时代迫在眉睫的危机做出批判"（詹姆斯·伍德语），也就是说，是一种讽喻性创作。《失明症漫记》属于此类创作。读这种书"需要勇气，更需要坚强的神经"（陈家琪语），但也会让人暗自庆幸：还好，我没碰上书中描写的那种灾难。

可是，在一个暴发全球性流行病毒的年代，读这本书的感受就不同了。一切都像是真的，让人有切肤之痛。它不是什么"科幻寓言"，它是冷静地描绘现实的小说，像是直接取材于当下的生活。而且，毫无疑问，未来年代的读者也会有这样的认识和体验。该篇的力量在于它有高仿真性，那种将噩梦植入皮肤的效力；它一经诞生，列入图书目录，就不会被抹除了。不仅仅是因为它戳破了文明的虚假自信，戳破之后那幅图景就再也不能恢复原状了，而且还因为它让讽喻的结构拥有活力。它平行于当下现实，和现实发生交换，将现实发人深省的内在机制揭示出来，其现实性和警示性是很尖锐的。换言之，它将一个任性的讽喻加以铺陈，使之成为气象恢宏的警世恒言。

二

《失明症漫记》共十七章，按照情节划分可分为三部分。第一章到第三章，讲述失明症的突发和蔓延，是故事的序曲部分；第四章到第十二章，描写失明症患者被关进精神病院隔离，是故事的主体部分；第十三章到第十七章，是故事的结局，交代隔离所的患者解禁之后在城市里游荡、相继复明并获得新生。三个部分按时序递进，首尾连贯，以一气呵成的节奏讲述了时疫感染者最终成为幸存者的故事。这是一个悲喜剧。

小说题为"漫记"，亦即"杂记"，这种纪事的文体是指对某一段历程的全过程记录，强调事件的细节性和亲历感，和一般的新闻报道不同。我们知道，新闻报道的一个功能是将同类遇难的惨剧置于适当的距离，让人阅读和消费，否则人们怎么一边喝茶进食一边浏览见闻呢？但是，读《失明症漫记》，无论处在何种年代，疫情前或疫情后，都不会让人有消费一个故事的感觉。读者倒是紧张得随时想要退出来，缓一口气，摸一摸眼睛，怀疑自己是否也会失明。

为什么会这样？因为此书是小说而非报道。现代小说，就其虚构的本质而言，其倾向主要是在于锐化意识，深化危机，强化焦虑，而非提供分解性的消遣。它要让我们看见日常生活的真相。它基于一个假设：我们视而不见，因而需要借助于艺术家的作品来观看。《失明症漫记》便是这样一个艺术作品，而其悖谬之处在于它写了一群瞎子；它是描写失明的作品，要让我们跟随目盲者去"观看"这个世界。

换言之，我们这些视觉正常的人要去体验书中人物经历的那种"黑暗"，变得和他们一样地残疾、失常、功能不全，一样地虚弱无力和恐慌。这种非常态的体验是真切的，因而是残酷的，它极大地剥夺了我们的安全感，像是存在的根基被挖掉了似的，它让我们产生这样一种感觉，即便是最清醒的认识也不能给黑暗增添丝毫光明，除了认识黑暗，别无其他。黑暗没有量度和质感，没有方向和反映，只是视觉盲点的一种扩展。可以说，黑暗是"自由人"所经历的最大不幸，使人眼睁睁地丧失做人的权利。萨拉马戈让我们阅读这样一部作品，给我们带来折磨和考验。小说不长，中译本二百六十九页，阅读的感受却像是在体验漫长而充满磨难的奥德赛之旅，而它并不具有古典的舒缓和明丽。它纯然是现代的，是现代城市生活的缩影，其群集的喧嚣和迷乱，勾画出时代黑暗的轮廓。

三

《失明症漫记》的叙述聚焦于一个基本的现代人文观念，即没有哪个问题是比"人的权利"的保障更重要但也是更脆弱的。生存、隐私、财产、身份、尊严等权利的有效保障，乃是个体的福祉得以维系的前提，这是文明生活的题中之义。驾驶私家车在红绿灯路口等待通行，戴墨镜的姑娘在酒店里幽会寻欢，眼科诊所的病人排队候诊，等等，这些寻常生活的行为无不是以群己界定的细密规则为支撑的。而突发性的时疫侵袭将一切都搅乱了，生活的秩序崩溃了，身份和隐私丢失了，继而是人格的侮辱和权利的践踏，让人堕入同一个灾难的深渊。我们看到，书中的人物汇聚在一起，像是喜剧的巧合，共同感受这场可悲的灾难，其共同感受的纽带绝不仅仅是失明。失明症的现象背后存在着一个更紧要的事实，那就是权利的剥夺和丧失。这个故事的戏剧性，它的压抑和张力，正是基于权利意识所引发的一系列观察和反思。

书中的七个主要人物，有男人和女人，有老人和孩子，更为讽刺的是还有一位眼科医生，他们共同的感受便是无助——"我还能治好吗？"这样的问题没有人回答得了。等到政府将感染者强制隔离，送进一家精神病院，问题就不再是能不能治好，而是能不能侥幸存活了，因为隔离所成了监狱，有军人持枪把守，高音喇叭颁布了十五条训令，告诉病人，"在事先未获允许的情况下离开所在建筑物就意味着立刻被打死""如若内部出现疾病或出现骚乱、斗殴，住宿者不应指望外边任何介入""如若有人死亡，不论死因为何，均由住宿者在围栅旁掩埋尸体"，等等。强制性隔离是为了避免疫情蔓延，这是从霍乱、黄热病时代流传下来的做法，通常没有确定的解禁期限，也就是说，临时住所很可能将是永久住所，患者成了在押的囚徒，那些死于非命的人并不是死于失明症，而是死于强制隔离造成的恶果和伤害。

小说中段（第十三章到第十七章）的描述，有关隔离所的内容，构成该篇最让人震惊的部分。当然，从人道的角度讲是触目惊心，换一个角度看未必得出这样的结论；比如说，从宏大叙事的目的论的逻辑看，任何局部牺牲都是不可避免，甚至是有利于整体利益的。"虫子死后，毒汁也就完了"，讲的就是这个意思。高音喇叭颁布的训令，意图表达得很清楚：非常时期非常处理，认命吧！

　　毫无疑问，隔离所的故事是描绘人类在极端情境中生存的寓言。生与死、善与恶、勇气和怯懦、同情和斗争等等，这些二元对立的命题获得了高度浓缩的表现，因为在群"盲"聚集的地方，连吃喝拉撒等基本需要都会造成紧张和摩擦，暴露狭隘的市侩本性和群"盲"的集体无意识。我们看到，在这有铁丝网包围、食物配给有限、空间日益逼仄（隔离所不断有新的患者入住）的场所，生存的权利无疑是一切问题的核心，是唯一现实的命题。关乎群"盲"的自救与协作、情感和尊严，在这个饥饿、拥挤、臭气熏天的囚禁之地，人们能够获取的权利是非常微薄的。处处都让人感到限制和阻力，这使得日常事件的微小细胞都具有浓稠的密度。

　　生存的权利在被剥夺的境况中显得格外卑下，说明人类降格为兽类并不是不可能的。生存的权利在一堆粪便面前就遭到否决，这是何等羞辱、无奈的境地！

　　看看小说中对卫生状况的描述。由于卫生间没有足量的水来冲刷排泄物，粪便堆积起来，得踩着流溢的排泄物解手，有人解完手找卷纸——"他摸摸身后的墙壁，那里大概会有放卷纸的架子，没有架子的话也可能有个钉子，几张纸插在上面。什么都没有。他弓着两条腿，扶住拖在令人作呕的地上的裤子，感到一阵心酸，世上的不幸莫过于此，盲人，盲人，盲人，他再也控制不住自己，悄悄地哭起来"。

读者对排泄的细节会留下深刻印象，其他的小说中很难看到类似的描绘。该篇的描写令人震惊，这是典型的一例。当生存的权利遭到剥夺时，日常图景的每一个细节都在提供震惊的材料，呈现为人性的赤裸裸的降格和羞辱。这是萨拉马戈的小说对"震惊"一词的重新定义。

四

可以说，现代小说衡量现实的准则仍是人道主义观念，包括这个观念的变异和降格的诸种表现形态；果戈理以来的小说创作对变异和降格的非人道属性尤为关注，将"粗恶"的材料（用今天的话讲是"黑暗料理"）纳入艺术，加深了艺术的客观表现力，并且将人道主义的"震惊"转换为一个重要的美学概念（不同于本雅明的"震惊"概念），亦即对变形、变异的诗学处理。人物可以用符号代指，或者干脆就不具名，这也是一种将变异的形态赤裸裸地暴露出来的手法，将自我的客体化置于总体境况中考察，并加以深刻的揭示。用马克思的术语来说，这是一种对"异化"的高度关注。

《失明症漫记》中有一段话讲得很清楚：

> 名字对我们来说，有什么用呢，有什么用呢，没有哪一条狗是通过人们给起的名字认出和认识另一条狗的，它们通过气味确认自己和其他狗的身份，在这里，我们是另一种狗，通过吠叫和说话声相互认识。

我们看到，小资产阶级的"主体性"的幻想在这段话中被质疑；没有名字并不代表身份的不确定性（暗示自我游戏的丰富可能性），恰恰相反，其属性是确定的——"我们是另一种狗"。这是对本质的辨析。无论是真实意义上的辨析或比喻意义上的辨析，社会学的辨析或语义学的辨析，都是对人的境况的非人道属性的辨析，这是引起"震惊"的不可动摇的基础。

可以说，萨拉马戈这部"末日寓言小说"，其意义并不仅仅在于给这种类型的文学增添了一部力作，而是在于提供了一种暴力的清肠——清洗我们那种郁结而发臭的认识论，我们迂回曲折的迷梦和谵妄。作者以无神论者的苦涩和冷峻，将人的异化的形象钉在了十字架上——那个耻辱、顺从的牺牲品，那条钉在十字架上的"狗"。萨拉马戈并不是第一个这么做的作家。他精心刻画了这个意象，再一次帮助我们确认群"盲"的身份和被奴役的状况；而且是在普泛的层面上来加以确认，让这部没有纪年没有人物姓名的小说包含更广泛的意指；也就是说，没有年代可以涵盖不同的年代，没有名字可以是指"所有的名字"（这是萨拉马戈另一部小说的标题）。

现实浓缩为这一幅幅画面：吠叫、嗅探，相互摸索以及相互伤害。书中写一个持枪的盲人使用武力控制生存资源（食物资源和性资源），组织黑帮团伙，强迫女盲人提供性服务。这个同类伤害的情节将叙述推向戏剧性高潮。

问题不在于患者是如何能够携带武器入住隔离所，而在于暴力组织生成的某种必然性。总是有人以这样那样的手段企图垄断权力，并赤裸裸地行使权力意志，而受到暴力挟持的群体通常只能表示妥协，接受奴役以换取苟安。这个情节本身并无新意，但是它的出现给故事赋予一种新的内涵：隔离所原先相当于难民营，居住者都是弃儿，在无助、绝望中抱团取暖，而现在它成了有组织的暴力单位，盲人群体受到内和外的双重压迫，其生存只能用"水深火热"一词来形容。

有人会质疑，认为对盲人而言，他们的故事较之于常人的故事无疑是更加黑暗，也是由于黑暗缺乏见证之故，那么，在这个空间里谁能够充当见证？这种讲述是否真实？

小说安排眼科医生的妻子充当见证，她是隔离所的群"盲"中唯一视力正常的人，她协调盲人的行动，而且杀死了黑帮头目。眼科医生的妻子是故事叙述的"眼睛"，但不能说她是唯一的见证。所谓见证是取决于权利意识的在场，取决于个体（哪怕是机能残缺的个体）对非人道境况的辨味。

叙述人说："所有的故事都像创世记一样，当时没有任何人在场，但人人都知道发生了什么事。"

事实上，除了死者，活下来的人都能说出发生了什么。人们或许会提供不同版本的叙述，但不会否认其共同的遭遇，那种烙印在皮肤上的悲惨、臭气和黑暗。

五

《失明症漫记》是一部灵感洋溢的作品。它见解睿智，视像鲜活，结构凝练，堪为萨拉马戈的代表作，也称得上是末日寓言小说（或大灾难小说）中的上乘之作。

萨拉马戈将游戏笔墨和精确的写实风格熔为一炉，这是笛福等人开创的"时疫"纪实体文学（如《瘟疫年纪事》等）的一种传承，并且将其蕴含的魔幻现实主义精神发扬光大。这种精神是悲悯的，也是幽默的，更是启迪性的。而且正如典型的魔幻现实主义文学所显示的，它也是《圣经》风格的回光返照。也就是说，是以创世记或元叙述的立场来描绘故事。书中一些片段能够给人这种印象。

例如，隔离所被一场大火烧毁后，盲人逃生，涌入城市，这个情节犹如"出埃及记"，迸发出被压迫者的集体呐喊。七个主要人物中的幸存者，他们在荒芜破败的城市里漫游，犹如"诺亚方舟"的大洪水幸存者，其团体的构成像是出于一种拣选，有男人、女人，有老人、孩子，还有一条狗。在萨拉马戈的另一部小说《石筏》中，也出现这样一组标配，男人、女人和狗。在街市废墟和死人堆中，那头"吞饮人的泪水"的忠犬，难道不是最好的末日陪伴吗？

在萨拉马戈笔下，《圣经》元素的使用或隐或显，从未中断，总的说来是以该篇的使用为最，表现力最强，启示性的图景最为醒目，归根结底是由于大灾难的洪荒景象适合于创世记式的图像。我们看到，幸存者小分队在废弃的城市中漫游，是一种顶风突围，犹如对原初世界或遗忘之乡的一次巡礼；从文明废墟中吹来的风暴也是从诸世代的沼泽中吹来的风暴，将这盲人世界裹挟。这些章节的精彩非笔墨所能形容！

应该指出，《失明症漫记》的《圣经》风格并无宗教的意涵，毋宁说，它是用来揭示造物属性的一个手段，是一种提点和勾勒，将原初世界的样貌和幸存者的姿态勾勒出来。所谓的原初世界，用本雅明的话说，就是那种"前理智国度"，它始终存在着，威胁着理性思考和道德行为这两种传统的人性特质。因此，当幸存者的姿态表现为人的退行性的姿态时，原初世界的暗影便深深笼罩着故事的叙述，而这种叙述实质是通篇贯穿的，并非局限于结尾的章节。它告诉我们，灾变只是显影剂，将原初世界召唤出来；灾变并不是人的退行性行为的肇因，而是一种机缘，借此可以看到"前理智国度"的存在比我们料想的更为广阔和混沌，它威胁着我们的理性思考和道德行为，威胁着人性的固有特质，无论是在灾前、灾中还是在灾后，均是如此。

萨拉马戈不想在《圣经》指涉的基础上阐释灾难的神

学意义，借助于传统的启示模式来暗示救赎的途径。他强调理性思考和道德行为在荒诞世界中的抗争及其意义。毫无疑问，这是一种无神论的末世自赎的倾向，一种将权利置于荒诞境况中加以考察的存在主义视角。

小说第十七章有个细节，说是教堂里的神像被布条蒙住了眼睛，所有的神像都被捂住了眼睛，圣子、圣徒、圣女等，包括被剜去双眼的圣女露琪亚。这个令人惊骇的细节将结尾的叙述推向又一个高潮。这是谁干的？为什么这么做？目击者设想了多种可能性，其中最富刺激的一个设想，是教堂神父做了这件事。在眼科医生的妻子看来，设想是神父所为，这是"唯一真正有意义""能使我们这悲惨处境具有某种重要性"的假设。

她解释说："这位神父大概是所有时代、所有宗教中最大的亵渎圣物者，最公正的亵渎圣物者，最具激进主义人性的亵渎圣物者，他来到这里是为了最后宣布，上帝不值得一看。"

眼科医生的妻子谋杀了黑帮头目，她代表这个群体中最不顺从的一员。她说"上帝不值得一看"，口气听起来十分傲慢，满嘴亵渎和愤激。她这么说恐怕会招致反诘："这是什么话？""你是什么人？"

不过，将这句话和下面这番话并列起来看，似乎也可以同样显得理智而谦抑。这段话出现在小说结尾，也是医生的妻子说的——"为什么我们都失明了呢?""不知道";为什么又复明了呢?"不知道，也许有一天会查明原因的";"你想听听我的想法吗……我想我们现在是盲人，能看得见的盲人;能看但又看不见的盲人"。

也就是说，能看得见的盲人理当为这个悲惨世界的现状负起责任。"盲人"是一个历史的喻象，暗示着视力正常者因其理智的贫困而必然遭遇的时刻。我们（读者）都是处在这个时刻中，被它那种脏水似的意涵紧紧包裹;我们经历的悲喜剧无可否认是由盲人体验的脚本，是以盲人为主角的;它更像是一幕扭曲的荒诞剧，角色都是"能看但又看不见的盲人"，而其背景处排列的神像却被蒙住了眼睛。

这是昏暗的也是壮观的一个舞台剧造型，堪与贝克特、尤奈斯库的戏剧造型媲美;其可能寓含的历史和神学的意涵是颇可回味的。读者有兴趣不妨加以探讨。

本雅明在论卡夫卡的文章中曾暗示说，没有人敢断言，上帝在历史的长夜中是全然隐遁，将"救赎"的希望封存在无望之中;这种希望可能会在某个时刻苏醒，通过极不可能出现的微小的入口进入这个世界。

确实，没有人敢断言"上帝不值得一顾"。只是相比我们的耻辱和贫困，这种瞻仰的目光微弱得难以伸展，像是隔着遥远的"遗忘之乡"，没入现世的浓雾中。而这，归根结底，不就是卡夫卡的逻辑吗？

将萨拉马戈这篇作品和卡夫卡的作品加以比较，应该是大有文章可做的。《失明症漫记》的创作表明作者是卡夫卡艺术的传人。它的冷冽如冰、炽热如火的语言，它的假定性叙述的框架，对"白色眼疾"的幽默的语义学阐释，等等，体现出卡夫卡的高仿真幻象叙述的特性。教堂神像这个段落有《诉讼》第九章"在大教堂里"的回声。还有，"我们是另一种狗"，这句话让人想起《诉讼》的结尾，两个行刑者用刀子将 K. 处决后说道："真像是一条狗！"卡夫卡的叙事人认为，这句话的意思是说，"他的耻辱应当留在人间"。

（2022年）

狐狸是诡诈的骗子，是作家的图腾

——评《狐狸》

一、故事是如何写成的

克罗地亚裔荷兰籍作家杜布拉夫卡·乌格雷西奇（1949—2023）的小说《狐狸》出版于2017年，是用作者的母语塞尔维亚-克罗地亚语写成的。一部小语种的纯文学作品，受到世界文坛的关注。这里面有什么说法吗？

乌格雷西奇的作品（已经译为中文的《狐狸》《疼痛部》等篇），主题丰富，可读性强，有一股怡人的书卷气。而《狐狸》的创作特点是"跨文本"，将插曲式故事、引文和自述连缀成篇。它是一个难以复述的碎片结构，一块布满洞孔的干酪，一座语言文化的多重联想的复合体。

《卫报》的一篇悼念文章说，乌格雷西奇发展出了一种"活泼的文体"，即她所谓的"拼凑小说"（patchwork fiction）的写法，"包含自传、漫游主义、政治讽刺、文学评论和嘉年华般的情节设计等诸多形式"。

《狐狸》便是典型之作。它的叙述动机是文学评论，开篇第一句话——"故事是如何写成的？"，以小说叙事学的命题为楔子，讲述"故事之为故事的故事"。

全书分五章，重点写了三个俄国作家，他们是皮利尼亚克、多伊夫伯·列文、纳博科夫。中间这位我们不熟悉，其他两位都是大名人。这三位同时代的俄国作家是有交集的。但是我们看到，把这三位作家写进书中主要是缘于叙述人即作者的身份。

乌格雷西奇在萨格勒布大学主修俄语文学和比较文学，曾留学莫斯科，硕士论文的选题便是皮利尼亚克。她对那个特定历史时期的作家感兴趣，包括书中屡屡提到的布尔加科夫等。她回忆说，20世纪70年代留学莫斯科，发现这座城市的居民和日常生活氛围完全像是《大师和玛格丽特》描绘的那样。

在乌格雷西奇笔下，这些作家的故事都颇有在场感。

切入的角度有所不同：写皮利尼亚克，她探讨作家的一部日本题材的小说是如何制作的；写多伊夫伯·列文，她关注的是无名作家死后的名声问题；写纳博科夫，她描写作家的神话与其私生活之间的关联。

乌格雷西奇是富于机智的作家。论机智，她足可与波兰作家托卡尔丘克媲美。托卡尔丘克的《云游》也是"拼凑小说"的写法，书中写肖邦的心脏被藏在女人的裙子里带回祖国，写得亦庄亦谐，十分出彩。《狐狸》也有类似的细节，写纳博科夫的年轻秘书在森林里小解，一只蝴蝶停落在她裙子上，捕捉这只蝴蝶的纳博科夫扑倒在地，和敞开裙子的秘书面面相觑。这是纳博科夫的传记中不会有的细节，小说化的细节，像剥荔枝一样剥去了名人那层脆薄的外壳，暴露出生活的莹洁酸甜的果肉。它有纳博科夫本人会赞赏的那种细节的妙趣。

《狐狸》写到纳博科夫，恐怕还有一层缘由：纳博科夫的后现代风格的小说《微暗的火》也是用学术文体写小说，把评论和注释用作叙述的动机。当然，直接的启发还是来自皮利尼亚克，后者的小说《故事之为故事的故事》以碎片化的叙述呈现"三个相互交织且并行不悖的不完整的故事"，这是《狐狸》一书的灵感来源。乌格雷西奇是以变奏的方式和皮利尼亚克展开对话，续写后者的创作主题。

故事是如何写成的？这是皮利尼亚克在小说中提出的问题。乌格雷西奇采用俄国形式主义、接受美学、翻译学、女性主义等学术视角，从不同角度探讨。她还提出一个常规的文艺学问题：日本作家和俄国女人的爱情故事，写得像是实有其事，它真实吗？

她认为，这篇小说遵循的其实是童话模式，即怪物携带公主翻越七山七海，去往遥远的国度。童话式的故事难说是真实的，可它却仍显得可信。何以会出现这个悖论？

她说，答案要从文学史中去找。在代代相传的经典作品和海量的通俗小说中，镌刻着一个遗传基因式的答案：女主人公都"必须经受羞辱的考验才能赢得永生的权利"；"他将迷惑她，征服她，羞辱她，背叛她"；"最终她将浴火重生，成长为一名值得尊重也懂得自我尊重的女主人公"；正因为文学史存在这个模式，读者才能认出"她"来，才会觉得人物和故事是可信的。也就是说，真实与否的问题关乎文学的生产机制和文化的规训方式。这是用我们熟悉的女性主义视角和文化批评的观点在看问题。

《狐狸》用文学评论推动叙述，既是文学评论，也是一种叙述的方法；像深海游鱼，从一条缝隙进去，从另一条缝隙出来。作者显然觉得这样写有乐趣，以"跨文本"的方式打开原典，注入悬疑、刺探和联想，在多个文本、多种引文之间周旋。这种掉书袋的写法和专业学术研究息息相关，但是后者缺乏前者那种虚构的自由。

乌格雷西奇总结说，虚构的本质是在于"未完成体动词形态"的"创造"，即叙述是用来"塑造、浇筑、形成、发展……"；它关注的"不是故事何以完成，而是故事何以形成"。她认为这是皮利尼亚克在潜意识里领悟到的创作真谛，用这种方法让"故事永远不会结束，它们的形成过程仍将持续"。

乌格雷西奇有罗兰·巴特式的善解人意，她敏锐地意识到作者身份的变化，即皮利尼亚克并不是以"故事的作者"自居，而是成了那种"为故事的延续提供条件的人"。

这个解读对她来说是重要的。碎片化写作（patchwork fiction）的意义是在于"未完成体动词形态"的创造，或许应该说是创造的降格，却不失为一种文本的打开和编织的方式。她剖析皮利尼亚克的小说，讲述作家的生平逸事以及被逮捕和处决的结局，还穿插讲述她自己的故事、她母亲的故事、谷崎润一郎的故事、宫本百合子的故事等等；故事都是不完整的，是断续交错的；唯其不完整、未完成，方可确保多线叙述的延宕、延伸。

这种写法的局限也较明显，叙述有可能过于多元，集合型的主题有可能发育不充分。《狐狸》的创作存在这样的风险。

故事是如何写成的？一个好故事的秘密究竟在哪里？书中叙事人不停地提出关切，好像并未找到确切的答案。但毫无疑问，她找到了叙述的方法，即为某个幻想的真理提供引文、脚注和评述。应该承认，这种碎片化叙述还是不乏意趣的；从叙述的方法到内容都展现了作者的学养、悟性和才华。

二、跨文化迁徙与"中立观"

作者描写三位俄国作家，除了专业研究的动机，一个重要因素是对跨文化迁徙的题材感兴趣。她本人的移民身份决定了这一点。

《狐狸》的叙述人和《疼痛部》的叙述人是同一个人，此人出生于克罗地亚，在萨格勒布大学完成高等教育，在南斯拉夫解体、内战爆发后移民荷兰；她在乌格雷西奇的作品中每每占据一个位置，和她讲述的其他故事形成互动。

东欧移民作者会讲到纳博科夫，对后者有惺惺相惜之感，这不难理解。但皮利尼亚克并非移民作家，何以会有类似的关联？

答案是跨文化。《狐狸》选用《故事之为故事的故事》这篇小说，试图探讨皮利尼亚克的东方之旅和日俄文化交流的问题。我们知道，日本现代知识分子对俄苏的文学和政治怀有浓厚兴趣，但是俄国人对日本文学并不关注，到过日本的有名作家寥寥无几，皮利尼亚克应该是最著名的一个了（或许应该加上周氏兄弟的朋友爱罗先珂）。

《狐狸》的叙述人说：

> 我知道，相比俄国人在西欧和美国的大流散，远东俄罗斯流亡者获得的关注不及十分之一，大概是因为他们的故事更平凡、更复杂，（对欧洲人和美国人而言）理解起来也更困难。

《狐狸》中的皮利尼亚克和多伊夫伯·列文，这两个人都将目光投向远东；前者是岛国文化之旅，后者是大清洗时代的流亡之旅。皮利尼亚克撰写了日本游记和日本题材的异国恋小说（主人公据说是以谷崎润一郎为原型）。多伊夫伯·列文在流亡途中披阅皮利尼亚克的日本游记，但他并未去往日本，而是途经哈尔滨、上海，落脚香港，写了一部题为《半岛酒店》的小说，抒写难民心境。《狐狸》将笔触伸向远东国度，显示移民作者特有的关注。

作者选取的视角是独特的。她写典型的移民作家纳博科夫时几乎不讲移民主题，而在写两个远东过客时却将移民问题注入其中。这种错位的处理是耐人寻味的。

对俄国作家来说，从俄国到欧美的跨文化迁徙带来的阻力，无疑是比远东漫游的文化阻力小得多。纳博科夫拥抱美式英语，融入美国文化，而皮利尼亚克对日本的迷恋则以挫败告终。这也不算是意外。日本真的会接纳俄国人或西方人吗？俄国人是否会对日本文化真心感兴趣？我们看到，皮利尼亚克的日本之旅尽管富有成果，他对文化隔阂的体验却是苦涩的。对此我们还应该多一些关注和讨论。

另一方面，真正的移民生活包含文化地理学的问题，也就是说，为了捍卫自己的生活，应该如何征服、适应或者抛弃那些临时落脚的地方，这是移民生活的一个问题。

以多伊夫伯·列文为例，他将远东流亡的经历描述为"心灵麻醉的过程"；为了适应那些他不能适应的文化，他浪费了太多精力；那种文化排异感所带来的像是被埋进坟墓的凄凉和窒息，是很少被人讲述过的。

乌格雷西奇为移民生活开出的药方是"中立"，即试图在文化错位的缝隙中寻求生存。她认为，东道主虽然善良慷慨，却是一处"麻醉心灵的灵狱薄"。

所谓"灵狱薄"（linbo）是指一种悬置状态，不能上升也不能下降，无法拥抱也无法逃离；这是政治难民和文化流民的困境的一个写照，他们在蹉跎岁月中徒劳地等待。但是乌格雷西奇认为，移民不应该是难民；移民要学会置于愤世嫉俗的对立面，在不同的地点超然自处。她指出，多伊夫伯·列文不能享有"中立的奢侈"，这是其流亡生涯的局限。

乌格雷西奇的小说总是要写到移民主题。《狐狸》写这个主题不如《疼痛部》来得细腻深切，后者对民族主义、后共产主义时代和跨国迁徙现象的多重描绘，显得纠结、复杂，不乏感人的力量。但《狐狸》提出的"中立观"能够给人启发，虽说寥寥几笔，展开得并不充分，却是将移民主体的一种反思表达了出来。

乌格雷西奇的"中立"包含着一种明察和抽离,一种心灵自由的权利,即在过去和现在的任何一个时间点上都拥有出入自由的权利。这是移民主体对其文化碎片状况的一种体认,它在乌格雷西奇的写作中获得自洽的表现。作者认为,"中立的奢侈"正是移民能够享有的一份礼物。

那么,《狐狸》的碎片化写作只是意味着一种文本的打开和编织的方式吗?或许它也意味着移民视角的一种恰当运用?在多元文化的缝隙中游弋,从各类衍生文本中汲取灵感,这种寄生的方式不也是移民固有的福利吗?

移民也可以是一个隐喻的概念。某种意义上讲,我们也许都是移民,我们需要找到解脱困境的方式。《狐狸》提供了一种文人学士的解决方式:寄生于文本及其再生产的过程,并且对"缝隙"和"寄生"的状态有所自觉。就此而言,该篇的文学评论及碎片化写作或许就有了另一重意义。

三、《狐狸》题解及其他

"狐狸"是贯穿全书的中心意象。该意象是从皮利尼亚克的作品中取来的,有某种象征意义。

《故事之为故事的故事》讲述道，在符拉迪沃斯托克服役的日本军官田垣，将俄国恋人索菲亚带回国内，夫妻俩过着相敬如宾的隐居生活；田垣专心写作，几年后成了一位著名作家；索菲亚未曾料到，丈夫把他们俩的私生活写进了小说；索菲亚在书中被剥光衣服，从肉体到精神的每个细节都成了被观察的材料，包括她如何在激情中战栗，她的腹部如何颤动，等等；索菲亚是被利用了，她的婚姻生活残忍地背叛了她。

皮利尼亚克在书中评论道：

> 狐狸是狡诈和背叛的图腾。如果一个人的身体被狐狸的灵魂占据，那这个人的整个部落都会受到诅咒。狐狸是作家的图腾。

皮利尼亚克讲述这个故事，显然是把田垣视为作家的典型。这个寡言拘谨的日本人"被狐狸的灵魂占据了身体"，精于"狡诈和背叛"，无时无刻不窥视着爱人的生活，窃取她的灵魂，将她的隐私活活地出卖。可以说，他的作品越成功越卖得红火，这种"背叛"就越显得残忍而卑鄙，至少对索菲亚来说是如此。

此处涉及的是有关写作伦理的问题。作家是否有权利描写他人的隐私并将其公之于众？如果这种描写对另一个人的体面或自尊构成了伤害，那么写作是否就成了不道德行为？以揭示人类的灵魂和生活秘密为己任的文学写作，其权利该如何界定？

皮利尼亚克说："故事就讲到这里"；总之，田垣"写了一部精彩的小说"，"我无意评判别人，只是想反复回味这一切，特别是，故事是如何写成的"。

皮利尼亚克并非避重就轻。他的看法很明确——"狐狸是作家的图腾"，要为"文学这一不忠的行当"找个图腾，那么狐狸当之无愧。换言之，文学这个行当属于道德的灰色区域，这一点他并不否认。他关心的是如何创作出"精彩"的文学——精彩的观察、精彩的构思和表达。他的写作伦理的核心是追求"魔法"——那种奥妙的叙事艺术，使人再三重读也仍为之入迷的艺术，等等。

用他的挚友、《我们》的作者扎米亚京的话说，"真正的文学只能由疯子、隐士、异教徒、空想家、反叛者和怀疑论者，而非由勤勤恳恳的官员来创造"。也就是说，艺术是激情、反叛和自由的代名词；艺术与其说是不道德，不如说是超道德。

这种写作伦理乌格雷西奇是否赞成？

她毫无疑问是认同的。"狐狸是作家的图腾""狐狸是诡诈的骗子、神圣的信息传递者""狐狸贩卖死人的灵魂""是乡村集市上的杂耍者""是江湖术士、谄媚者、马屁精、鸟神女怪""狐狸被贬至凄惨的处境，过着与世隔绝的生活""狐狸拥有魔力，被赋予九条尾巴"，等等。《狐狸》在皮利尼亚克的定义的基础上探讨相关的写作伦理，其二度阐释无疑是更细致、更具有拓展性，它强调作家身份的世俗性和小说创作的世俗性，指出险境和危机之于创作的必要性。该篇的题解虽然繁密，要点是上述这两条。

乌格雷西奇追随皮利尼亚克，为其理念和"魔法"所吸引，但也懂得以机智的方式脱身（狐狸的禀性！），获得她自己的视角、观点和表述。她的表述是机智的，而且不乏辛辣。

她认同"狐狸是作家的图腾"这个定义，把"狐狸"的意象置于不同语境中阐发，用碎片化叙述的并置效果，给悲喜剧打上一道追光。例如，皮利尼亚克的悲喜剧——成功的作家，英俊的男士，革命的宠儿，悲惨的死因。如果我们能从超道德的角度看待作家的"背叛"和"诡诈"，那我们是否也会用超道德的角度看待其悲惨遭遇？

通常，我们不会这样来看问题，不允许把政治迫害和作家身份混为一谈。但"狐狸"的意象似乎让悲剧淡化了一些，在悲剧中注入某种促狭的喜剧性。皮利尼亚克创造了"狐狸"的意象，当然意识到它所包含的讽喻色彩，但他恐怕不会料到，命运会化身为"诡诈"的狐狸，"背叛"他，向他发出"斩首的邀请"。

乌格雷西奇的叙述有时会变得辛辣，充满质疑。在索菲亚的故事中，她质疑文学史的传统模式，即女性主人公"必须经受羞辱的考验才能赢得永生的权利"。同样的故事她又从其他角度提出看法。

她说，今天的时代已经不会把隐私暴露视为一种失范，"换在今天，索菲亚会迫不及待地把她和田垣的情色生活写下来，并借助视频材料进行宣传"；"每个人都在这样做，也期望别人这样做"。换句话说，写作伦理改变了。这种情况皮利尼亚克会想到吗？今天的文学该如何面对其伦理环境？《狐狸》以讽喻的笔调启发我们思考。

讽喻的机智是源于一种明察和抽离，亦即观察视角的中立，能够注视悲喜剧的不同方面。这是米兰·昆德拉赞赏的一种小说的艺术、小说的精神。

碎片化写作有悖于小说叙述的一个地方，是把小说所需的日常气氛和日常形态让渡给了东拉西扯的评说和引文。但《狐狸》体现的仍是一种小说的精神。这该怎么讲?

该篇用一种客观化的中立的视角,用一种讽喻但不过分贬抑的观点,描写了皮利尼亚克、多伊夫伯·列文和纳博科夫等人的事迹;叙述是轻快的,讽刺是可亲的,充满对细小事物的兴趣和观察,因而是在体现小说的魅力。

《狐狸》对多伊夫伯·列文的遗孀的描绘,便是一个例子。遗孀将一笔微薄的名人资产经营得有声有色,简直是可歌可泣。遗孀的形象塑造堪称精彩。乌格雷西奇并非只是在挪用和评注著名作家的作品,她也创造了自己的故事和人物。

(2023年)

马克洛尔的隐匿、谵妄和国际主义

——读《阿尔米兰特之雪》

一

《阿尔米兰特之雪》是系列小说《马克洛尔的奇遇与厄运》（轩乐译，中信出版集团2022年）的第一部，原先是作者阿尔瓦罗·穆蒂斯创作的一首散文诗，在编辑这首散文诗的法语版时，作者意识到，应该把它写成小说，他便写成了这部中译本近一百页的小说。也许在作者看来它像是系列小说的一个引子，于是他又创作了另外六部小说。穆蒂斯在六十岁时开始创作，六年内写完七部作品，于1997年结集出版马克洛尔七部曲，轰动西语文坛。

加西亚·马尔克斯在《我的朋友穆蒂斯》一文中描写穆蒂斯，道出了一个作家的观察——"果然，飞了那么多年，他一跃而下，没用降落伞，稳稳着地，文思泉涌，名至实归"。换言之，不管是飞翔还是落地，诗人总是让人刮目相看，他们的精神高深莫测，行事不合常规；你看穆蒂斯，早不写晚不写，等到六十岁才写，一写就写七部，委实令人惊叹。书中有一个句子——"肥厚的花瓣里有迟缓而透明的蜜"，像是作者本人的写照。

　　马克洛尔这个人物，最初出现在作者十九岁时写的一首诗中，和马尔克斯构思马孔多一样，很早就开始孕育了。在题为《阿尔米兰特之雪》的散文诗中，这位仿佛和作者一起步入暮年的人物，在高山旅店墙壁上留下了被人们记诵的遗言，例如——

　　我是毫无条理的制造者，制造出了最隐秘的路径与最隐秘的码头。它们的无用和偏僻滋养着我的生命。

　　追随舰船而去吧。沿破旧、悲伤的船只犁出的航线行驶吧。不要停泊。避开哪怕最不起眼的可下锚的地方。溯流而上。顺流而下。在打湿床单的雨水中迷失。要拒绝堤岸。

　　高山旅店的名称叫作"阿尔米兰特之雪"，店主人马克洛尔自称"瞭望员"。他的格言说"要拒绝堤岸"，而他却隐居于高山之巅。这显而易见的自相矛盾，我们只能从隐喻的意义上去理解；"拒绝堤岸"的意思是说，不管身在何处都要保持疏离，要制造偏僻和野性，要迷失于蒙蒙细雨之中。

　　散文诗为马克洛尔这个人物定下了调子。他涂写的警句格言，可以说是破解其生平故事的密码。或者不妨设想，作家穆蒂斯在写下这些包含河流和航行的句子时，他就意识到，他终归是要把水手马克洛尔写成一个小说人物的。这个人物在系列小说第一部中登场，带着一种奇怪的宿命感，开始书写他的"奇遇与厄运"。七部曲系列小说会把一个陌生的人物变成我们亲近的朋友。他，桅楼瞭望员马克洛尔，会成为你亲近的朋友吗？系列小说中译本将近七百页，你会有足够的机会走近他，与他同行。

二

马克洛尔的故事，封面标题让人以为是旧时代的海洋小说，是英美文学中才会经常读到的水手和帆船的故事。第一部《阿尔米兰特之雪》是马克洛尔撰写的日记，叙事人假托于某地发现日记手稿，便将它们编辑出版，这也是旧时代小说常用的手法。该篇的外壳看似有点古旧，内核则是充满隐喻和内省；它是一篇讲述旅行、冒险、梦幻和征兆的小说，有浓郁的拉美文学的风味。

故事说的是马克洛尔在苏兰朵河里的航行，溯流而上，去往上游一座木材加工厂运送木材；途中遭遇意外和艰险，遇到土著和军人，差点被军人绑架；马克洛尔患上井热病，死里逃生，而船长病逝了；他们渡过湍流险滩，最终抵达目的地，发现木材加工厂是热带雨林中一个神秘的场所，由军人把守，游击队和政府军正在争夺这些设施；马克洛尔没有做成木材生意，他搭乘卡车离开，前往"阿尔米兰特之雪"旅店，而那艘船在返航时沉没，无一人幸存。

从故事情节推测，马克洛尔的航行应是在他的暮年，其航行生涯临近尾声之时，因为接下来是高山隐居，他将在旅店墙壁上涂写临终遗言了。难怪他在苏兰朵河上的航行充满了回忆，是对此前航行的回忆和总结。这也说明，《阿尔米兰特之雪》并不是计划中的七部曲的引子，作者原先可能并无这样的计划，而是只想写这一部小说。我们看到，七部曲系列小说不是讲述人物成长和变化的线性叙述，它的时间是回旋的，从接近终点的某个时刻开始回溯，进入人物特定时段的生活。这个回旋的时间在第一部中形成，就不会再有变化了；《阿尔米兰特之雪》的时间结构将在系列小说中一次次复现，成为它的翻版。

指出这一点是想要说明，马克洛尔的故事正如马塞尔的故事（《追忆似水年华》），其叙述时间和回忆时间是通过瞬间重叠的方式交织在一起，让小说的叙述在自由联想中出入；换句话说，马克洛尔的故事是以一种复合的方式展开，内心时间和外部时间，精神历程和生活历程，在自由联想的万花筒中聚合，类似于普鲁斯特的"玫瑰花饰圆窗"结构，七部曲系列小说大幅度展开的动力学法则就包含在这个结构中，而非取决于素材的数量以及社会图景的幅度与规模。

普鲁斯特的精神在穆蒂斯的创作中作用最为明显，它影响了马克洛尔故事的展开方式。同样以第一部《阿尔米兰特之雪》为例，我们看到，它的展开并非像前面梗概讲的那样，是要写一个贩运木材的故事；这个故事的起点和终点之间原本有着足够的戏剧性张力，尤其是在航行接近终点时，军人把守的木材加工厂将一个更具悬疑色彩的情节抛了出来，这才是小说应该大写特写的地方，它有硬核的想象，有黑暗和力度，有政治文化的揭示性意义，可以说，它包含拉美文学典型的创作主题，但事实上，我们设想的这种戏剧性在穆蒂斯笔下是弱化的。开篇出现的印第安土著，中段出现的井热病和船长之死，等等，他们和篇尾的木材加工厂并无特别的关联。加工厂的故事只是一个插曲，没有比其他插曲多多少分量。小说写了一场有头有尾的航行，其实是一种插曲式的叙事，从印第安土著的"像飞燕草"一样长长的阴茎包皮，到木材加工厂的玻璃和铝制的闪亮建筑的奇异外观，每一个片段都是一个主题，因而有许多个主题，出现在开篇、中段、结尾，其实是出现在马克洛尔梦幻般的内心之中。

马克洛尔的特点是内省和隐匿。人物内省的倾向导致了他的隐匿性。如果说这个人物让人想起康拉德笔下的马洛（《黑暗的心》），那主要也是缘于这种相似的内倾。

相比之下，马克洛尔比马洛更具有隐匿性。所谓的隐匿是指人物并不处在事件的中心，而是被放逐到事件的边缘，其存在是一种若即若离的状态。在康拉德笔下，马洛航行的动机是寻找库尔茨，这个动机是明确的。马克洛尔的动机是什么呢？做木材生意。可他连木材加工厂是否存在都不清楚，其动机岂非显得可疑？所谓的溯流而上，与随波逐流似乎也并无区别；马克洛尔终究不是马洛；苏兰朵河上的航行比刚果河上的航行更具自我的隐匿性，像是循着梦境的边缘踟蹰而行。

隐匿性是现代文学的一个主题，出现在乔伊斯、普鲁斯特、萨特、贝克特等人的作品中；与其说是主题，不如说是表征方式；它将事件的现实特质彻底虚无化了；人物的行为不具有趋光性，更像是一种避开光源的"趋暗性"，因其本质是沉思而非行动，是颓废的自我放逐，而非身份的同一性建构。这种表征方式故而呈现自我的隔离和虚无化的倾向。从叙事角度讲，用来讲述这种"隐匿性"的手段是精简的，其最大单位和最小单位就是语言，而非情节和事件。情节和事件多半是被转化为意象和隐喻，成为内心的投射和参照，被分解为一系列的内视场景，在"隐匿性"的幽光中得以呈现。

马克洛尔的故事，其展开方式如上所述，是一种现代文学的典型创作模式；它很难像一篇"小说作品"那样被人读懂；哪怕是寻常的细节似乎也浸润在并不直白的含义中。"隐匿性"既是封闭的，也是缄默而开放的，和超验性的理念发生感应。它把小说的阅读变成这样一种行为，我们好像不是在解读故事，而是在叩问存在。读者和日记撰写者马克洛尔一样，知之为知之，不知为不知；知或不知皆如谜面，吸引探究的目光；这种目光和存在的"隐匿性"最为亲近，两者相互依存，亲如兄弟。换言之，如果不是马克洛尔的同类，你就读不懂这些日记。马克洛尔并不代表我们每一个人。马克洛尔像是某类兄弟会成员，额头上印着同类方可辨识的标记。

在此意义上，我们可以释读船长、上校和马克洛尔的关系。为什么船长要把内心的隐衷托付给马克洛尔？为什么上校素昧平生却要充当马克洛尔的保护人？

因为这些人彼此之间构成一种内在的阅读和被阅读的关系。船长知道马克洛尔能够读懂他的身世，上校认为他能够读懂马克洛尔的身份，故而他们都对马克洛尔倾心相告。上校对马克洛尔嘱咐道：

我也看出来了，您在这军营里不太自在，和穿制服的人也合不来。您有您的理由，我完全理解。

我知道您以前的人生大概什么样，也许您还遇见过我的哪个朋友。

不要相信任何人，别指望军队帮忙。我们有别的事要做。没工夫去照顾怀揣梦想的外国人。您明白的。

威风凛凛的上校，对身份低微的桅楼瞭望员说这番话，除了显示同类辨识的洞察力，还能说明什么呢？上校的外交辞令包含一种超越世俗身份的惺惺相惜。船长和上校似乎都有义务去保护这位"梦想家"。我们看到，马克洛尔的故事是建立在这种奇特的兄弟会同盟的基础上。系列小说第二部中的伊洛娜，第六部中的阿卜杜尔·巴舒尔，等等，他们都属于这个跨国的兄弟会成员。马克洛尔丰富多彩的情色故事，也都具有同盟的性质和吸引力。正如系列小说后面六部所展示的那样，马克洛尔和朋友一起从事不法生意，赚取大笔金钱，其同盟缔结的基础却不是金钱，而是超越世俗的精神默契。

《阿尔米兰特之雪》让身份（水手）的同一性建构显

得次要，将"隐匿性"的存在置于叙述中心。它让一个水手说着迷离梦幻的语言，让他在超世俗的层次上和男男女女发生关系。我们阅读这部小说，便是要进入上述性质的自我规范，进而体会其仪式化的语言构造。

然而，这种叙述并非真的是以规范示人。马克洛尔的人生历程是以未知为导向，是以"拒绝堤岸"为准则，总是在"制造毫无条理的隐秘、无用和偏僻"。就此而言，生活的通俗教义和因果逻辑是难以阐释其处世方式和行为的。

三

如上所述，《阿尔米兰特之雪》聚焦马克洛尔的人生历程，而这段历程连马克洛尔自己都无法真正参透，遑论读者。换言之，该篇确立了精神的自我规范，而这种精神实际是越轨的，是孤独、眷乱、晦暗的。我们不禁要问：马克洛尔是谁？

马克洛尔也经常这样问他自己。苏兰朵河上的航行，或许像此前的许多次航行，不过是他的又一次自我质问和探询。我们说马克洛尔是用一种奇特的宿命感讲述故事，便是指萦绕其心间的这个周而复始的问题——我是谁？所谓奇特是指，他没有答案，却是用一种本质论的语言在讲述。他说：

> 这样的事常常发生在我身上：奔赴的行程总是谜一般不确定，总是经受着随意变更的厄运。现在，我在这里，像个偏执狂般逆流而上，心里却早已知晓，自己终将遇上些什么事，把一切都叫停。（中略）从生命初始，我便一次又一次地落入泥沼，做出错误的决定，究竟为什么会这样呢，这让我万分不解却又极度着迷，这些没有出口的小路合而为一，组成了关于我的生命、我的存在的故事。对幸福的热望不断被背叛，日复一日地偏航，最终总是汇入注定的一次又一次的惨痛失败，在生命最深、最确实之处，我一直都明白，如果不是因为自己在不断渴求那些溃败，我对幸福的热望原本是可以被满足的。

这段话出现在开篇第四则日记中。它更像是结语而非开篇，暗示我们，苏兰朵河上的航行是他明知故犯的又一次"偏航"，此前如此，今后还将继续。我们感到，马克洛尔所谓的"未知"就像是康德讲的物自体，并非全然未知，其边界当属已知。他心里知晓，未知是缘于迷雾般的边界在无限地扩展，像黑格尔讲的"恶的无限性"，是因其意愿的方式而招致的迷误、过错和报应。马克洛尔说，航行伊始他便闻到了那种气味。什么气味？厄运的气味。厄运像是从"恶心的温热坟墓"中散发出来。这片热带雨林在他眼中象征着一个偏执狂的野性、谵妄和纠结。

《阿尔米兰特之雪》作为系列小说的第一部，它确立了人物的气质和精神哲学。第一部将几个关键母题导引出来，隐匿性、兄弟会同盟、有关"奇遇与厄运"的存在论体验等等，它们在后面六部长篇中出现，不过是被进一步验证和补充。大体而言，第一部的调子偏于晦暗，包含一种形而上的忧郁，后六部则出现了一抹市民性质的轻松的暖色调，叙述更有小说的味道，像是把主人公从沉思的山巅带回到丰富多彩的平原，而马克洛尔的情色体验亦显得更为从容、丰腴，更具有实感。

基调的变化并未改变人物的气质，也未改变系列小说内在的统一性。马克洛尔恒定不变的一个特点就是狂想，这是他的气质，贯穿了七部曲的叙述，紧张程度有所不同而已，时而偏于峻急，时而偏于松缓。紧张程度趋于激烈时多半表现为谵妄，如第一部中显示的那样；松缓时则多了一份嬉戏和机智，如后六部中表现的那样。无论是何种状态，都是体现为对谵妄的认可，即承认其内在的叙述逻辑是基于非理性的迷思。

马克洛尔的日记体写作无疑是最适合表达他的狂想；其私密、内省和自由联想的语言便是在表达一种主观性。但是"主观性"这个词用在这里还不够确切，容易造成误解，以为是不加约束的紊乱思绪的一种表现；我们在看待乔伊斯、普鲁斯特、伍尔夫等人的创作时便经常会有这种误解。

意识流的自由联想的独白，从上述作家的创作来看，恐怕不只是在表达一般意义上的主观性，而是在聚焦特定的精神状态，即孤独和狂想。通常所谓的主观性可以在任何一个对应的现实层面上反映出来，可以是温和、中性的，而狂想则不然；狂想是一种深层次的精神躁动，是存在的隐匿性的表现，是自我隔离导致的虚无化倾向，是一种濒于精神深渊的临界状态。确切地说，现代派文学是表现临界状态的文学，而非只是表达主观紊乱思绪的文学。穆蒂斯的创作便是典型的一例，可以用来印证这个观点。

《阿尔米兰特之雪》的叙述，其真正的戏剧性，是源于这种临界状态的体验。因此，主人公即便已经知晓其命运的底蕴——"如果不是因为自己在不断渴求那些溃败，我对幸福的热望原本是可以被满足的"——其叙述的内在张力也仍然不会松懈。归根结底，人物并不是在渴求常态意义上的满足；他并不相信理性的解释和意义；他相信的是内心的召唤，这种召唤把他带到理性的边缘，从濒于破裂的关头去迎接一个新生的混沌世界。对他来说，谵妄意味着偏执、梦幻和厌倦，但也包含非理性的洞察。可以说，非理性的洞察，打破人生的通俗教义以及对因果联系的寻常认知，试图将每一时刻的体验转化为"我存在"的释义，这些便是马克洛尔的追求，其实这也正是普鲁斯特的叙述人的追求。

马克洛尔的隐匿和谵妄，就其文学史源流而言，是波德莱尔以降的诗学精神的体现，在主体的自我隔离中寻找灵感的源泉；就其创作手法而言，是意识流文学的继承和表现，对时间结构、内视场景和诗化语言的处理，具有意识流的典型特质；就其精神哲学而言，是广义的存在论哲学的表征，追求自我体验的特此性（thisness）和非理性，打破自我的同一性和稳定性，这是现代主体的一种自我定位。

以此观之，马克洛尔的"奇遇和厄运"，不只是在标记一个奇怪水手的迷乱的人生，也是在诠释一个现代自我的"心魔"和理念。套用笛卡儿的名言可以表述为：我漂流故我在。或者说：我谵妄故我在。

四

穆蒂斯是马尔克斯的同辈人，年长后者四岁。中文读者熟悉穆蒂斯的名字，主要是缘于马尔克斯的相关传记和访谈。印象中，穆蒂斯扮演着幕僚和高参的角色，他作为诗人、作家的身份倒是被忽略了。这部大型小说的翻译让我们了解到，他是一个创作力旺盛的作家。

由于译介还不全面，我们尚难判断这部小说在穆蒂斯创作中的位置，对作者的创作演变过程还知之甚少。穆蒂斯是作为诗人更重要还是作为小说家更重要，这样的问题就留待将来再作研讨吧。

从该篇的创作不难看到，作者拥有精深的文化修养和诗学功底，这一点几乎是从书中的每一页反映出来。将作者和他笔下的主人公等同起来，这固然是不恰当的，但要说马克洛尔身上投射作者的影子，这也未必就没有根据。

穆蒂斯无疑是怀着钟爱之情刻画了这个主人公，此人不仅有广泛的阅历，而且有巨量的阅读和高雅的趣味，而这也是作者本人的一个写照。

小说第一部的开篇我们就看到马克洛尔在读书，就着船头的白炽灯灯光，披阅19世纪的法文书《巴黎城市首脑针对奥尔良公爵路易一世刺杀案的调查研究》。阅读之于他犹如祈祷和呼吸，让我们油然而生敬意。阅读进入他孤独的梦境（他梦见滑铁卢和拿破仑一世）。阅读无疑也在滋长他的谵妄，让他分不清现实和梦幻的边界，甚至是刻意模糊两者的边界（他在警察局里声称："我是迷失在20世纪的舒昂党成员。"）。马克洛尔在不停地阅读。阅读是渴望生活的刺激剂，也是抵御生活的武器。

第四部《货船最后一站》有一篇附录，题为《瞭望员的阅读》，短短三页，颇有意趣。马克洛尔的阅读书目中最常见的是18世纪的作品《红衣主教莱兹回忆录》、夏多布里昂的《墓畔回忆录》等。他偏爱比利时贵族利涅亲王的书信集和回忆录。他随身携带乔治·西默农的小说《1号船闸》，认为西默农是"巴尔扎克之后最好的法语小说家"。在他看来，路易·费迪南·塞利纳是"夏多布里昂之后最好的法国作家"，而"最好的小说家"当属西默农。

对作家和小说家作如此细致的区分，真不能说是普通读者了。这种区分是必要的，能够给人教益。总之，《瞭望员的阅读》给我们上了一堂课，马克洛尔以其嗜好、怪癖和精当的见解将我们引入阅读的世界。如果说《马克洛尔的奇遇与厄运》是一本有关阅读的小说，这也不算是夸张。它聚焦人物之间的阅读和被阅读的关系，而且自始至终都在描述马克洛尔专心读书的形象。

该篇的魅力，其迷人的气息，不正是从类似的画面中散发出来的吗？苏兰朵河上的挑灯夜读是一幅镇定的画面，平衡于迷乱的丛林和回旋的时间带给他的晕眩感，仿佛为这个世界的贪欲、腐败和不理智保留一点克制和善念。

这么说当然是在讲一种象征意义了，像是在暗示形而上的忧郁以及作为陪衬的世界之空洞和无意义。不必如此愤世嫉俗吧。但是无可否认，在七部曲的叙述中，当形而上的忧郁达到饱和状态时，马克洛尔的冒险、性爱、谵妄以及徒劳的追逐总是显得最具张力，也显得最有魅力。

奇怪的是——其实也不奇怪——马克洛尔的书目中竟找不到一本南美洲的书，全是欧洲的，法国的。就此而言，《瞭望员的阅读》不妨更名为《法语文学纵横谈》。穆蒂斯如此安排是有意的还是无意的？这个问题不难回答。国际主义渗透了这本书的叙述。且不说航行的船员是由不同国籍的人员组成的，系列小说后六部的人物、空间和情节的设置，更是按照无国界漂流状态分布的。国际主义构成了马克洛尔故事的基调和底蕴。

第三部《绝美之死》中，南美洲丛林的军官历数马克洛尔的行踪，说后者"在塞浦路斯走私武器，在马赛走私做了手脚的海军军旗，在阿里坎特走私黄金和地毯，在巴拿马做皮肉生意……"马克洛尔辗转颠簸的无国界之旅，于此可见一斑。

可以说，系列小说的生成离不开一种跨国多元文化的生成。这是拉美先锋派和"新小说"共有的特质。"新小说"（马尔克斯这代人）尤其强调波西米亚跨文化杂交的国际主义。后来的作家延续这个倾向。穆蒂斯的小说正如波拉尼奥的小说，把这种倾向展示得淋漓尽致，其狂想的特质也是十分明显的。

这种国际主义倾向已然成为题中之义，显得自然而然，好像毋庸多言。从文化发生学的角度讲，实质也并不是那么"自然"。文化发生学的命题不是本文能够展开论述的。不妨去读一读智利作家何塞·多诺索的著作《"爆炸"文学亲历记》，大致能够理解这样一个观点，即国际主义色彩并不是拉美文学的固有色；拉美文学是从对欧美现代派文学的吸纳中走向国际化的。

穆蒂斯的创作，如果不能说是对当代拉美文学的一种发展，至少可以说是对拉美文学实验的一个延续，值得关注和探究。从文化身份的角度探究"隐匿"和"谵妄"的母题，能够更清楚地揭示其文化意识形态的深层意义。

马克洛尔说，"我们从来都无法确认梦中人的确切身份"，而"那尖锐的乡愁留在我的记忆中"。此言道出的不只是马克洛尔的心声，恐怕也是拉美几代作家的心声吧。

（2022 年）

辑 三

小说之死与人文迷思

——关于索尔·贝娄的小说创作论

一

收录在《太多值得思考的事物：索尔·贝娄散文选 1940—2000》（李纯一、索马里译，人民文学出版社2021 年）一书中的文学评论，大致可分为两类：一是关于个别 作家作品的评论，一是对小说本体论的阐述，亦即关于小 说的本质、小说家的职责之类的思考。这些文章洞察犀 利，笔调挥洒自如，自有一番深思和博学的魅力；时间跨 度是六十年，相当一部分观点保持着令人瞩目的稳定性。 这说明贝娄对小说创作有一以贯之的思考。他的思考针对大致相仿的困难和阻力，因此在大半个世纪里像是陷在一个相同的处境中。

写于20世纪50年代的《世俗之人，世俗时代》《作家和观众》《小说家的干扰》等，60年代的《我们向何处去？小说的未来》《隐匿的文化》《怀疑与生命的深度》等，这些文章观点如出一辙，体现贝娄式的批评风格和批评视野。对贝娄来说，20世纪的变动不居的文化气候给了他太多值得思考的议题，而他作为小说家几乎是从同一立场出发看问题，毫无疑问是书卷气的、哲学性的，而在经验和情绪的层面上是勇于面对事实的。写于70年代的《机器与故事书：技术时代的文学》《对我自己的一份采访》《诺贝尔奖获奖演说》等，80年代的《文明的野蛮人读者》《一个犹太作家在美国：一次讲座》等，90年代的《文学：下一章》《诙谐讽刺游戏》等，主要立场和观点几乎没有变化。1976年的《诺贝尔奖获奖演说》一文实为其观点的浓缩版。某种不妨称之为"贝娄式的执念"的东西，贯穿其思考和表述，简言之就是他对文化处境的反应，他的分析、评述和应对之策，他作为小说家之存在或非存在的哈姆雷特式独白等等。用存在主义的话说，就是"今天我们该如何写作"？

二

今天时有耳闻的"小说之死"的断言，作为一种文化表征的危机，在索尔·贝娄开始学习写作之时（20世纪30年代）就有所体验了。他不是含着金钥匙出生的。他认为，一战之后（美国）"野蛮的市侩主义"是他直接继承的遗产。此种认知他终其一生都未曾改变。因此，所谓的"小说之死"首先是一种文化之死。"野蛮的市侩主义"无疑是"诗歌的象征律令的反面"，贝娄名之曰"强大的噪声"——"我说的噪声不仅仅是技术的噪声，或是金钱、广告、市场营销、错误教育产生的噪声，而是现代生活的意识生成的那种可怕的兴奋和干扰"。从20世纪40年代初到90年代末，贝娄一直援引托克维尔的话来描述那种"二流经验"的美国生活——"在美国，人们的生活最渺小，最枯燥，最乏味，总之，最没有诗意"。

前辈作家中，埃兹拉·庞德、托·斯·艾略特、威廉·福克纳等，都说过类似的话。以精英主义视点看待这种社会生活的"喧哗和骚动"，"文化之死"就不是一个夸张的说法。美国——贝娄的芝加哥——是"那种可怕的兴奋和干扰"的中心。公众对诗人的个性不感兴趣。在海明威的小说中甚至有一句恶毒的辱骂，出自《虽有胜无》中的那个女人，"你个狗屁作家！"

贝娄的访谈、讲座、演说、序跋和评论，凡涉及自传性层面，他就给我们刻画这样一幅"美国经验"的阴郁、烦人的图景。谈到华兹华斯对现代生活的悲观和焦虑，贝娄则认为，华兹华斯"根本就不知道情况有多糟糕"。此言颇似托马斯·伯恩哈德在其《历代大师》中的说法——尼采对现代生活的糟糕根本就是估计不足。

如果贝娄是马修·阿诺德、奥尔特加·加塞特或列奥·施特劳斯一类人物，他对"美国经验"的感受和思考就或许还不至于如此烦扰。我们知道，任何一种价值判定（不管是否夸张）都有可追溯、可倚赖的价值源头；文化哲学家都是靠汲引价值的源泉生活，而非和经验性的事实共生共存。可以说，列奥·施特劳斯等人即便享受不到马修·阿诺德享用了一生的牛津大学的"光"和"蜜"，古典精神的善美福音也足以给他们的学院生涯提供庇护。

问题在于索尔·贝娄是小说家，必须和糟糕的经验打交道。那种令人不堪的文学文化——在贝娄看来，即便是寄身于学院也一样不堪——无法给作家提供精神庇护，可他却无法逃离这种处境。通过价值的判定、抽离和区隔来描述现状，尚不足以让小说家抵御烦扰。较之文化哲学领域的古典主义或返祖论的高蹈，文学更倾向于存在主义的严峻良知；即作家必须自问，他究竟是遭遇了生活还是逃离了生活？

我们看到，在对小说艺术的综合考察中，贝娄将此类问题熟练地转换为小说创作论的议题。他不止一次提及亨利·詹姆斯对福楼拜的批评。对福楼拜来说，现代经验是与英雄主义式的文学观抵牾。而在亨利·詹姆斯看来，福楼拜笔下的主人公不过是一些"有限的反映者和记录者"；福楼拜"厌弃共同生活，将精力从主题转移到风格上"，对他这种气馁、失望的"二流作家"，我们有必要加以仿效吗？

索尔·贝娄评论道："詹姆斯深知这种艰难，因为他自己就为此备受折磨，为他的作品创造出一种他绝对掌控的现实……一切都基于'特许'（fiat）存在……但是这种系统是封闭的，向福楼拜试图面对的那种巨大的动荡封闭自身。"贝娄认同"有限的反映者"这个评语，他却不能接受亨利·詹姆斯的"封闭"。在他看来，风格的厚重盔甲阻碍了福楼拜的艺术自由，而詹姆斯式的"特许"经营则是一种抽离，无论它掌控的现实多么高级，恐怕也都是和伟大的精神隔绝的。

贝娄的文章拈出这段公案，意图不难辨别。亨利·詹姆斯的方法和福楼拜的方法孰优孰劣不是三言两语就能讲清楚的，贝娄觉得两者都有要反思和改进之处。从理论上讲，小说向混乱的现实开放，这是现代小说发展的一个关节点；它意味着和文学的理想主义诀别，允许事实对更高的现实做出判断。它可能会招致价值的虚无或降格，正如福楼拜的作品所表现的那样。然而，通过占有优先地位的主体性而为我们展示事件的意义，这种"飞跃"的姿态似乎也让人难以信赖。

贝娄将福楼拜的风格主义概括为"美的创造，作为对惩罚和降格的生存之痛的反应"。这个论断不可谓不精辟。贝娄和欧洲存在主义作家一样，拒绝"对社会整体的叙述采取一种飞越的态度"（萨特语），试图直面历史进程的不可逆性，从"生存之痛的反应"和贫瘠的历史体验中引入"绝对"的观念。这一点对我们理解贝娄很重要。贝娄对福楼拜的同情，包含他自身对历史处境的感知。欧洲小说的英雄观念的衰退，他所体认的美国生活的"二流经验"，构成其思考和表述的出发点。可以说，他的关注和思考几乎都投放在这上面。

三

作为欧洲小说及其人文主义思想的继承者，贝娄试图给我们刻画一幅现代小说演变的图景。毫无疑问，这幅图景不能让人振奋。它是我们不能不加以品尝的"历史的味道"，其实就是历史的苦味。

贝娄认为，"小说的一个重要问题就是人物的高度"；19世纪的欧洲小说对革命家、伟人、贵族的人格和精神抱有信仰，主人公多为高于生活的男女英雄；随着人本主义的怀疑（例如《地下室手记》等）取得大幅进展，"随着外部社会的扩张，变得愈加强力而专制，小说人物的意志、力量、自由和视野都萎缩了"（例如《情感教育》等）。此即所谓的英雄观念的衰退，或曰"英雄之死"（英文hero兼"英雄""主人公"二义）。文学变得内倾或不得不内倾；"一些情感逐渐丧失了外部，因为不再彰显自己，它们就逐渐萎缩了"；而"与这种衰退相对应的是现实感的衰退"。用福楼拜的话说，外部世界"令人厌恶、令人沮丧、腐败堕落，让人变得麻木无情"。对人性素材的失望以及对美学神秘主义的弘扬便构成小说的一个趋向。

我们知道,"现实感"的丧失正是莱昂纳尔·特里林的《知性乃道德职责》(严志军,张沫译,译林出版社2011年)一书最为关切的问题。特里林对乔伊斯等作家持保留态度,他的批评是基于19世纪小说传统的精神,主要是人物和谐论的观念。所谓和谐论,简言之是指人物与其社会环境的交互关系;人物的精神满足取决于社会荣誉感和获得感,因而会有真实的成功和失败;人物哪怕不赞成这个世界,也不会弃绝之;他们的反抗是一种道德的属性而非形而上的属性。于连、拉斯蒂涅、匹普等等,这些人物代表着小说这个文类给出的行为模式和行为界定。在特里林看来,非常遗憾的是小说逐渐在摆脱这种行为界定,在摆脱其"古老的精神功效",遁入艺术家自我中心的奇想幻念。

贝娄把这个问题说得较为生动、波俏。在《我们向何处去?小说的未来》一文中,他指出,"有些人说20世纪的伟大小说家——普鲁斯特、乔伊斯、托马斯·曼和卡夫卡——创造的都是生不出孩子来的杰作,这条道我们已经走到了头";"有时候,叙事艺术本身似乎的确已经消亡";"那个人、那个角色"——19世纪和20世纪初的欧洲小说的人物——"已经从我们身边消失。那个具有一以贯之的个性，同他的野心、激情、灵魂、命运都浑然一体的和谐人物都不见了"；取而代之的是那种"立体主义的、伯格森主义的、不确定的、无休止的、终有一死的凡人"。

贝娄的批评并不止于此。他意识到19世纪"和谐人物"的消亡让小说走进死胡同，但对那种"一贯的自我以及至关重要的'我'的命运这类陈腐概念"也缺乏兴趣。他毕竟是作家，对概念的时代错置怀有警惕。他讥讽道：

> 而让本世纪艺术家们感到震惊、也最觉得有趣的部分，是今天我们仍信奉的对自我的描述，还是那些过去传统里提到的和谐、不含糊的老特征。我们执意不去看本能和精神奇特交织成的那团混乱，而是盯住我们选择称之为"人格"的东西。

换言之，和谐人格论并不足以解决当代小说的叙事问题；执着于旧时的信条和法则，则无论这种信条有多纯全，也都无助于捕捉当代生活的属性。贝娄以下这段话简直像是在和特里林抬杠，他说：

> 那些自居社会之外的人物更合我们的口味，他们

不像盖茨比，一点不想在感情层面和社会妥协。不同于德莱塞笔下的百万富翁，我们已经不再渴望那些财富；不同于斯特雷瑟，我们已经不会被古老世故的文明的伟力所吸引。

特里林所拒斥的，正是贝娄所倾心的；后者的观点属于存在主义，把人生当作思想的实验场。他说，兰波、斯特林堡、劳伦斯、马尔罗，甚至托尔斯泰，都可以从"他的人生成了他思想的实验场"这个角度去理解。贝娄宣称"所有值得一提的小说家"都是这么做的。这些小说家就是他在文章中屡屡提及的陀思妥耶夫斯基、康拉德、劳伦斯、卡夫卡、乔伊斯等人。

至此可以总结说，贝娄的小说评论有其一以贯之的立场，一方面他对20世纪的表征危机（叙事的危机和语言的危机）看得十分清楚，从小说史和思想史的角度勾勒出"小说之死"的现状，其相关的论证越是有说服力，就越是显得悲观、无力和烦扰。

一方面他拒绝以末世论的观点看待这种表征危机，并且一再重申：那些声称"小说之死"的人不懂得叙事艺术的潜能，不了解想象力为何物。因为在他看来，"不可撼动的混乱让艺术作品获得一种力量，而小说家比其他任何形式的艺术家都能更加深刻地处理这种混乱"。就此而言，他的立场又是乐观的。

贝娄不像贝克特、罗布–格里耶等先锋作家，后者面对文学表征的危机，索性将传统体系解构，让叙事艺术在危崖峭壁上迈开一大步。贝娄的立场有点像是在逆水而上，又有点像是折中主义的左顾右盼，既不赞同以旧有的体系来反映现实，也不追随激进主义的冒险和破坏。他对文化处境和语言危机的反应，有时候接近于托克维尔、特里林、福楼拜，又和他们各不相同。

谈到托克维尔对美国经验（"二流经验"）的定义——"民主时代的人的语言、服装和日常行为，不能激发人们对理想的向往"，贝娄补充说："但仅仅这样定义，我们还没有真正开始去描述一个生活在民主社会中的人的真实——更深刻、更神奇，甚至，在某些方面，是更可怕的。"

也就是说，美国的"真实"仍是一块有待垦荒的处女地；小说家只要不惧怕"噪声"和"混乱"，那么可供挖掘的资源还是富饶的。（这个观点当代拉美作家会深表赞同。）

谈到小说家的职责，他说："一个小说家的工作仍然是确定重要性的等级，从风格、语言、形式、抽象，还有从多种多样的社会现实的威胁、干扰中，拯救出人类独特的价值。"

换言之，小说这个装置必须从里到外都被赋予一种绝对的价值，以便维护契约和协定。"作家必须找到一种持久的设定，即什么是真实的，什么是重要的"；"他要做的就是通过这些持久的机制，让人们面对种种干扰和遮蔽时，还能有时哀恸，有时欢乐"。

库切在评论贝娄的一篇文章中曾谈道，贝娄"用他对欧洲文学和思想的阅读来探讨当代生活及其不如意"（参见库切《内心活动》，黄灿然译，浙江文艺出版社2010年），这是贝娄创作的一个特质，也是其小说评论的基本面貌。

贝娄的思考几乎总是从压抑、失望和沮丧中找到出发点；他瞭望地平线的方式是存在主义的方式，清醒、幻灭、忧郁。那种左看右看"不如意"，使他显得像是一个怀疑论者。但他不是怀疑论者，因为他对处境没有显示宽容和适应；没有接受现实主义文学的决定论思想（"决定论的命运机制"）。他的思想中的一个重要立场就是反对环境决定论。他崇尚的是"最强有力的、最具创造性的头脑发出的声音"。这种尼采式的英雄气质，使他即便怀疑一切，也绝不会怀疑诗性创造的力量。

四

贝娄对小说处境的思考也渗透在他对同时代小说创作的评论中。涉及美国现当代小说，他的评论尤为深入，给人启发。

例如对德莱塞的评论。人们通常指责德莱塞写得粗糙，艺术性不高，贝娄却为之辩护，说："诡异的是，没有人想过追问一个强大的小说家'糟糕的写作'意味着什么。"诚然，"糟糕的写作"就是指欠缺风格和品位，但是作为小说家，"德莱塞根本不需要语言的这种功效，因为他对细节的支撑能力更强"。贝娄指出，探讨这个"强大的小说家"的"糟糕的写作"时必须意识到，"大部分的现代小说家，因为执迷于细节和诗意的稳定性，在寻求最伟大的当代现实方面突破有限"。这个看法，贝娄在援引亨利·詹姆斯和福楼拜的公案时就曾表述过，用来褒扬德莱塞则并非只是为后者辩护。

再如关于菲利普·罗斯的《再见，哥伦布》。他认为该篇真正的主题不是男女情事，而是犹太人境况的剧变。他指出，菲利普·罗斯对社会处境和生活方式的兴趣比过去的犹太作家强得多，能够敏锐地意识到犹太人的生活境况的重大变化；这种变化的实质就是犹太人不可挽回的世俗性，即"生存的至高回报已经从他们据此立身的过去的伦理根基转向一种由金钱和'正常'定义的新根基"；美国犹太人是前所未有的世俗，历史上从未有任何变化如此迅速、彻底地改变了犹太族群；正如《再见，哥伦布》所展示的，"爱情、责任、原则、思想、意义，所有一切都被吸收进肥胖而油腻的'舒适'状态"中，作者"生动而幽默地展现了比个体的堕落要糟糕得多的东西——'猪的天堂'的空虚和精神缺失"。

这个主题的阐释放在贝娄自己的创作中尤为确当——那部恣肆迷乱的《奥吉·马奇历险记》，主人公如此表达对"繁荣的困境"的反应："一切都太多……太多的历史和文化……太多细节，太多新闻，太多榜样，太多影响……该由谁来解释？我？"

奥吉·马奇的"成为我所是"的要求，未必就是《再见，哥伦布》的主人公的心声。也许菲利普·罗斯的批判意识要轻淡得多。但是，从犹太人伦理根基的转向来看待这篇小说，把该篇视为反映族群伦理，也是更广泛意义上的现代伦理变化的一个代表作，这会让我们以新的视角去加以审视并获得启发。

"世俗性"是贝娄考察小说文化的一个基点。他在欧洲文化的框架中把美国文化内置于同心圆的位置，从而构成他看问题的视野。因此，"世俗性"有其确定的理念参照和不稳定的现实指向。"世俗性"不仅是指物质繁荣、过量过剩的文化冗赘物、伦理转向和价值堕落，它也是指人文主义精神的投入和产出的功效，以及小说在评估社会现实时对该理念的倚赖，亦即衡量这个理念所实现的程度。也许事情正如贝娄所说的，现代文明对人性的价值估价过高（至少尼采认为是如此），而对个体的存在却越来越不重视。这个自相矛盾的现象构成了贝娄的"世俗性"论题中的核心问题。

在我们的社会中，人——人自身——被理想化，得到公开的崇尚，个体却只能藏在地下，只能靠把自己变成看不见的人才能拯救自己的欲望、思想和灵魂。他必须回到自身，学会自我解释，并且抵抗那些企图吞噬他的人性的东西。

这是贝娄在评论拉尔夫·埃利森的《看不见的人》时阐发的观点。他对这篇小说评价很高，对它的语言、文体和文化渊源几乎未加评述，而将重点放在当代人文精神的普泛遭遇这个主题上，这也反映了他对世俗性论题的持久关切。他说：

> 人们普遍认为，世界上没有一种力量可与那种碾压、束缚现代人的力量抗衡……但当一个聪明的个体取得胜利时——就像埃利森笔下的主人公那样，它证明了我们这代人当中尚存一丝真正的英雄气息……要具备这种品质，一个人必须要抵抗外部的重压，必须能从纷繁的现象、外表、事实和细节喧哗而密集的部分，完成自己的合成过程。从细节的烦扰或濒临瓦解的局面中，一个作家试图拯救那些重要的东西。即便在他最痛苦的时候，他仍用自己的声音发出了对价值的宣判……它同时是悲剧性和喜剧性的，也是诗意的，这是那种最强有力、最具创造性的头脑才具备的声音。

这段话能够用来阐明贝娄的人文观和创作观。贝娄崇尚的（试图拯救的）是人文主义的个体观念，这个观念与主流大众文化背道而驰，实质是作为一种缺失的文化样态存在于精英思想中，其存在方式变成一种批评观念，变成拉尔夫·埃利森（或托马斯·伯恩哈德）的主人公那种神经质的反思；它存在于持续的鉴别、斟酌、异议和斗争中，和陀思妥耶夫斯基警告的那个全人类的"蚁穴"斗争，和劳伦斯拒斥的"对人格的文明化理解"斗争。简言之，是和抹煞"真实的自我"的有形无形的敌对力量斗争，因此也可以说，它是"关心个体的文学和文明之间"的斗争。

这是索尔·贝娄处在同心圆的位置上而被强化的一种思维方式。笼统地看，观念上似无新异之处，主要是体现为欧洲思想的一种综合判断，属于启蒙人文主义范畴，蕴含人文主义的理想的主体观念。在强调"主体之死"的后现代主义者眼中，它或许还不足以充分表征和阐释现代社会的文化征候，其观念的立场和渊源多半是停留在二战前的文人迷思之中。

所谓文人迷思，简言之就是坚持启蒙人文主义立场，反抗文明化的体制对个体的侵害，但是不会真正认可"主体之死"的呼声，不会把技术和机器的高速发展视为一个全新世代，而是认为，作家在大众文化和科技文明的包围中应该"做一个'非专业'之人"，"追寻每一个人身上真正的中间意识"，那种富于活力的悲喜剧的人性意识。

贝娄的《机器与故事书：技术时代的文学》一文，集中表达了这种观点。面对技术暴政和精神异化，他认为，小说的智慧——想象力和自我讲述的欲求——所联结的灵魂与意志的这条线索非但不会中断，而且会在自我疗救的意义上继续伸展。

这种乐观主义（其实包含苦涩的末世论体验）尽管无法否认有关小说之死的不祥征兆，却仍勉力执着于想象力所允诺的人性的尊严和活力。因为，从现代小说的起源来看，从外缘文化的承接的状况来看，小说和启蒙人文主义的结合仍是一个需要持续探讨的议题。

就此而言，贝娄也许是当代小说家中最具人文批评素养的作家。因为人文素养不仅构成其评论文章的视角，而且也构成其小说创作的底蕴。他将欧洲理念和美国经验结合起来看问题，形成其富于张力的批评视角。他对同时代作家作品的观察和论断，是有着相当敏锐的问题意识的。

例如在评论海明威的文章中，他指出，作家高度的自我专注"向我们允诺了一种坚定、胜利的个性"，但海明威树立的标准是排他的，其"男性气概"属于少数人，并不是人人皆有资格参与的游戏；必须看到，那些人物的行为是"在抵抗那种无处不在的思考所导致的消极和无力感"，因此，不应该将海明威诉诸行动的文学视为一种反智主义。

而在另一篇文章中，贝娄指出，当代的"冒险、狩猎、战争和情色小说"所建立的生活方式"充满激情却不具有思想的活动"。他说："现代文学大大忽略了思想产生的奇迹。"

谈到斯坦贝克的创作，他说："美国小说家描绘了一种体面但是过分局限的英雄类型，非常抽象，体现了一种集体特质，而没有丝毫个人化的特点（斯坦贝克的小说人物），体现了人们渴望经历而非亲身体验的东西。"

对斯坦贝克的这个评论是否恰当，是大可争论的，不过它从一个侧面反映了贝娄的人文主义个体观，它和任何一种倾向于民粹、集体、非个人化的立场格格不入。尽管贝娄的文章并未做出学理上的定义，但我们应该不难辨认他这种思想的属性和尺度。

启蒙意味着个体的成年状态，意味着对道德和智识的责任承担。他诘问道："人们为什么羞于思考呢？"

他还为两个世纪来的美国小说做总结：

> 我们已经在美国小说中创造出一种奇怪的结合：人物极度天真，作品的书写、技巧和语言却又极度深奥。然而思想的语言是被禁止的；人们认为它危险，深具破坏性。

这样的评述虽有些偏颇，客观地说，也不无警世的功效。

他认为，在《看不见的人》的篇尾表达的本能和文明之间的协同并不是一个特殊的美国（哈莱姆）问题，而是普泛性的问题。然而，人们似乎并不是太了解这个问题。人们说到全体一致的图景时，说的只是"我们拥有注定浅薄而无中心的大众文明"。

对此，贝娄表示不能接受——"灵魂不能接受"这种大众决定论或历史决定论的风向标。他设计的一段问答，就像是冷嘲热讽地题写在奥尔特加·加塞特的《大众的反叛》的书页上——

问："如果灵魂不接受呢？"

答："它最好接受，这是历史所注定的。"

贝娄拒绝这种历史决定论。他讥讽道："这种回答听起来有一股小酒馆或监狱的味道。"他这么说的时候，不只是以知识分子的身份，更是以当代小说家的立场发言；因为，诚如他所强调的，正是小说家在"追寻每一个人身上真正的中间意识"，并且"穷尽所能地给人性下定义，为生命的延续和小说的创作辩护"。

可以说，贝娄的小说评论，在小说正在死亡或小说已死的论调中，在人文主义和后人文主义的过渡性的语境中，格外能够展示其思想的出发点和张力。这些文章很值得一读，有着重要的研究价值。

（2021年）

诗人、野性与超验主义

——读《梭罗传》

1954年，梭罗在谈到《瓦尔登湖》时曾说："我是一个神秘主义者，同时也是一名超验主义者，一名自然哲学家。"

梭罗的传奇（手持斧子走进瓦尔登湖的森林隐居），在我们简化的理解中有点像是行为艺术，至今都不失其感召力。内地出版的《瓦尔登湖》，目前已有几十个版本，可见受欢迎的程度。不过，要对这位作家理解得深入一点，恐怕不能停留在一个剪影式的形象上面；他的生活、精神特质和思想渊源需要细加检视。这方面，评传作品往往会提供方便的途径，让读者追本溯源。

罗伯特·D.理查德森的《梭罗传》(刘洋译,浙江文艺出版社2020年)是一部梳理有致的著作,对传主的知识谱系和哲学渊源做了探究。国内目前翻译出版的梭罗传记,罗伯特·理查德森这部侧重于思想体系,学理性较强,层次更为丰厚。我们可从三个方面切入。

一、超验主义

文学史讲到超验主义,将梭罗、麦尔维尔、霍桑、惠特曼等作家归在爱默生发起的超验主义运动的名下,这已然是常识。但要几句话把这个知识点讲清楚,殊为不易。且不说这些作家和超验主义的关系难以一刀切来处理,超验主义的来龙去脉本身就不简单,恐怕需要花一些篇幅才能把概念的轮廓清理出来。

超验主义的奠基者是爱默生。1836年,爱默生在《论自然》中指出,物质是理念的表象,人应该凭借超验的直觉认识事物。这和洛克所宣扬的凭借经验认识事物的观念大相径庭。他又说,研究自然和研究自我殊途同归。这和托马斯·潘恩的观点是一致的,即对自然法则的研究导向对人性和科学的开明观点,体现一种新时代的神学。

梭罗从爱默生处领会到，人要寻求可靠的道德立场，构建人生观和世界观，则不能求助于上帝、城邦和国家，而是应该向自然索取答案；要以对自然的研究为基础，建立美好而合理的生活。也就是说，应该从宗教转向道德，不是遵循上帝的律法而是凭借人的良知。

梭罗亲炙爱默生的思想，倾心于自然哲学论。《瓦尔登湖》的核心主题就是自然哲学。谈论的方式有时像爱默生，带有神职人员的口吻，但也像爱默生一样有点离经叛道的风格。

因为，就新英格兰的清教传统而言，信奉自然哲学，并且把自然哲学对科学的全盘接受视为一种真正的神学，就是在驳斥历史传统中的基督教。这不是离经叛道又是什么？

爱默生发表了超验主义的宣言作品《论自然》，开设讲座宣讲历史哲学，可见超验主义这个概念并不只是停留在和自然对话的层面上，更是试图重新定义看待历史和人类文化的方式。

对此，《瓦尔登湖》有清晰的表述。梭罗说："我走进的那个自然，与摩奴、摩西、荷马、乔叟等古代先知和诗人走进的世界全然相同。"这是典型的爱默生思想；它是非基督教的，非传统的，带有重构自我的性质。在《瓦尔登湖》中，我们随处可以领略这种定义自我和历史文化的方式。自然哲学和历史哲学交汇于一个颇具神秘色彩的"我"；而这个"我"既是在自然地呼吸和生活，又是在哲学地批判和审视。那么，构造这个"我"的基础是什么？

罗伯特·理查德森在《梭罗传》中专设一章讲超验主义。他引用了《日晷》杂志上的一篇文章，把超验主义定义为"承认人类身上存在着一种凭借本能认知真理的能力"。也就是说，承认先验的认知能力，认为这是一种直觉主义和唯心主义。正如罗伯特·理查德森指出的，超验主义说穿了就是"美国唯心主义"，堪称"德国唯心主义的美国化身"；其思想源头是康德的哲学（《纯粹理性批判》）。

爱默生及其弟子的思想来源，必须追溯至德国哲学才能讲得清楚。在1842年的讲座中，爱默生解释说：

> 如今的唯心主义被冠以"超验"名号，这个词来源于伊曼努尔·康德，他在批判洛克的怀疑主义哲学时首先使用了"超验"一词。（中略）康德思想的深刻性与准确性让这一术语在欧美迅速流行起来，以至

大凡属于直觉思想范畴的事物都被冠以如今的"超验"名号。

但凡是强调直觉和心灵、属于直觉范畴的知识体系都可称为超验主义。我们看到，新英格兰超验主义取法康德，摈斥洛克，强调个人的主体性和自由，声称认知的最佳出发点是直觉和自我意识。

爱默生的《论自然》中有一个著名的隐喻叫作"透明的眼球"（transparent eyeball），阐释了这样一种体验：

> 我们在丛林中重新找到了理智和信仰……站在空地上，我的头颅沐浴在清爽宜人的空气中，飘飘欲仙，升向无垠的天空——而所有卑微的私心杂念都荡然无存了，此刻的我变成了一只透明的眼球。我不复存在，却又洞悉一切。世上的生命潮流围绕着我穿越而过，我成了上帝的一部分或一小块内容。

从这个段落中是否能够听到回荡在梭罗文章中的那个声音？梭罗的文字几乎是在追求相同的体悟和狂喜；其泛神论的神秘主义体验，基于这样一种哲学观：人与自然之间存在着一种关联，自然中存在的事物都会存在于心灵。爱默生告诫梭罗说，具体的自然现象指证具体的心灵现象，至少两者是具有可比拟性的。

"透明的眼球"可视为超验主义典型的体悟方式，一种超历史的自然哲学理念。德国唯心主义哲学强调的是心灵作为世界的本源动力，此种理念得到卡莱尔、爱默生等人青睐，在新大陆传播开来。

超验主义和德国思想的渊源，非只一个康德便可尽述。《梭罗传》介绍说，19世纪30年代，爱默生潜心阅读德国作品；他和同道者看法一样，认为近期最有趣的思想和艺术风潮都源于德国，不懂康德、赫尔德、黑格尔和歌德，则无法真正理解19世纪。

诗人朗费罗也对德国思想感兴趣，在哈佛大学讲座中引入德国人特有的"个体教育"的理念，用"自我培育"（self-culture）一词阐释歌德的典范意义。朗费罗和卡莱尔一样，对宣讲歌德的作品不遗余力。就启蒙意义而言，歌德对爱默生、梭罗的影响同样深刻。

德国思想对美国超验主义的影响很大，而从认识论和形而上学的角度讲，后者并无原创性的贡献，主要体现为一种美国语境中的传播和运用。从"个体教育"到爱默生倡导的"自立""自足"，从超验直觉的自我确证到美国式的新主观主义的道德激情，无不证明新思想对生活和工作的指导意义。

罗伯特·理查德森认为，这一点学界的评价还不够充分。在他看来，德国主观主义在美国的传播，并未导向哲学上的唯我论，而是强化了一种个体的道德激情；爱默生、梭罗等超验主义者都是政治上的异议分子和激进主义者，他们投身于社会改革和思想改革的洪流，从而将德国唯心主义转化为一种美国特色的道德哲学。

因此，谈到梭罗的"隐居"，这个词似乎不能用汉语传统的概念对接。梭罗的隐居吹响的是启蒙哲学的号角，闪烁着新英格兰气质的英雄主义。

在那个时代，爱默生、梭罗等人，都热衷于谈论"勇敢"。爱默生用清刚明亮的语言召唤："有谁能在日志中、讲坛上，或是在大街上，为我们解说清楚英雄主义的秘密呢？"梭罗则以机智的隽语来阐释："勇敢并不在于刚毅之举，而在于健康安稳的休憩。勇敢的最佳表现是待在家里……片刻的宁静和自信的生活远比奋勇杀敌更显荣光。"而在表达公民不服从的原则时，他挺身而出践行其主张，扮演敲钟人的角色。也就是说，隐士的自足和斗士的大声疾呼，一样显示勇敢和荣光；主体的道德激情在生活实践中是高度一致的。

以爱默生、梭罗这对师徒为核心来勾勒美国超验主义，不是说要将这场思想运动局限于康科德地区，而是通过一种亲缘关系说明此种思想的面貌，它的特点是兼具历史化的语境和超历史的观点，因此其表述显得时而明快、时而晦涩。超历史的观点为时人所诟病，斥之为空疏、不切实际，而它是超验主义的时空观和想象力的特质。不了解这一点，那种自然哲学和历史哲学的结合方式就不容易被领会。

爱默生在日志中说：

> 我得到的不过是从前的那套信仰——每个人都可谓吾性自足，每个人的身上都能完美地展现自然法则，不论是自身经历，或是罗马、巴勒斯坦、英格兰的历史，都可以证明这一点。

梭罗在《瓦尔登湖》中以诗的语言重述这个观点：

> 最古老的埃及哲学家和印度哲学家从神像上曳起

轻纱的一角，这微颤着的袍子，现在仍是撩起的，我望见它跟当初一样鲜艳荣耀，因为当初如此勇敢的是他体内的"我"，而现在重新瞻仰着那个形象的是我体内的"他"。

罗伯特·理查德森指出，对于具有勇武精神的人而言，任何时代都是英雄时代，这正是梭罗的理念的核心：吾辈男女与希腊人无异；"如果希腊人的子孙为希腊人创造了新的天地，那么康科德的子孙则没有任何理由做不到这一点"。

这就不是康科德拓荒者遗传的那种粗壮的骄傲和好胜心了，而是对"普遍人性"的一种悦纳和信仰。

我们看到，梭罗在康科德的见闻中嵌入史诗的意识和英雄观念。德国唯心主义被涤除了晦涩繁缛的概念体系，散发新英格兰人的纯真的乐观主义气息。一个玄虚的德国哲学概念，在爱默生师徒手中转化为关于直觉、想象力和道德勇气的学说。它的价值和意义不在于本体论和认识论的拓展，而在于个体及个体自由对普遍人性的一种弘扬。梭罗、爱默生等人实践和发扬超验主义精神，这也是诗人的本性使然。可以说，梭罗的生活和写作便是令人瞩目的印证。

二、野性和文明

"野性"是梭罗精神的一个关键词。梭罗之于"野性",兼具道德哲学和自然哲学的双重意蕴。我们从罗伯特·理查德森的《梭罗传》中可以梳理出三个方面的阐述。

首先,梭罗的野性体现在他对主流文化的不服从。《瓦尔登湖》作为一场自由的实验,既有个人自由的意义,也体现公共生活改革的呼声。梭罗在迁居日记中谈到,他寻求的是"西印度群岛在思想领域和想象领域的解放"。这个表述有点让人费解,"迁居"的行为为什么要扯到西印度群岛上去?

因为西印度群岛,是奴隶贸易和奴隶制的重镇。梭罗是废奴主义者,协助美国废奴运动的积极分子工作。他们把自我的解放和奴隶制的解放等同起来。这种自我"黑人化"的想象是值得加以关注的。

梭罗声称:"这股解放潮流不该仅仅局限于岛屿范围之内。解放的心灵和思想足以粉碎数百万奴隶的脚镣。"

罗伯特·理查德森认为,这一点构成了《瓦尔登湖》讲述的基调。

也就是说,一个人的生平值得讲述,乃是基于其心灵为自由所作的斗争,反对政治和经济的形形色色的奴役。一般来说,我们大致会从心灵解放的角度去评说梭罗的湖滨隐居,但具体思想背景通常还是隐而不见的。

瓦尔登湖是梭罗的"终极改革公社",可以被视为1843年至1845年间美国涌现的数十个新型乌托邦公社中的一个,恐怕也是唯一的"独家经营"的一个了。它们对美国社会的竞争本质、生产的工厂化模式和物质主义挥霍提出了疑问。从上述公共生活的语境看,梭罗将其迁居看成是一种解放,像是毅然追随斯宾塞《仙后》中那个红十字骑士,就让人不难理解了。隐居是有距离的对话,不离开文明的外沿。它是一种有限度的拓荒。重要的是个体心灵的觉醒,让人对生活中的真实和紧要的东西产生清醒的认识。

可以说,梭罗的道德哲学的表达,一半是社会化的抗争和异议,一半是斯多噶式的心灵自由的觉知。这也是梭罗的超验主义的特色。他讲西印度群岛的解放,重心是在"思想领域和想象领域"的解放,因此是一种超验性质的召唤。超验指向内心和灵性，在梭罗身上却能够和难以驯服的异端和野性的气质协调起来，甚至和"黑人化"的自我想象协调起来。我们专注于梭罗的"自然"和"诗意"而忽视其历史观和政治观，也就不能正确辨析其"自然哲学"的内在脉络。1846年8月，梭罗出狱后在其林中小屋主持了废奴者学会的年会。这是《瓦尔登湖》等书不曾记录的细节。瓦尔登湖畔的小木屋不只是诗人孤独的栖居地，分明也是公共事业的前哨站。

其次，关于野性的第二个层次，罗伯特·理查德森概括为"温和的原始主义"和"严酷的原始主义"的对比。

评传作者提醒我们，要了解梭罗的野性观念，得去读他长达百页的旅行记录《卡塔丁山》。1846年8月末，梭罗离开瓦尔登湖去缅因州森林旅行，内容是"爬树—激流—宿营—离群—逆流而上—冷杉—湖水—岩石—云层—疲惫—露营—绿色的鱼—夜晚生火—峡谷穿行"等。梭罗感叹道："这是我第一次意识到什么才叫作真正的'林中隐湖'。"因为和缅因州的无人荒野相比，瓦尔登湖则是一派"仁慈、田园、文明"的大自然了。他在书中写道：

我终于深刻地体会到，这里的大自然并不仁慈，它拥有远古恶魔般狰狞的面孔……它是那样的原始、广袤、令人敬畏，却又如此美丽，永远不会被驯服。

他此前体验到的原始，不过是人类学家所言的"温和的原始主义"。狰狞可怖的自然无疑是加深了他对"崇高"一词的理解。他为其远足的记录提供了一个新的主题；他意识到，人类生活，不管是个人生活还是集体生活，在大自然中都不是最重要的；人绝非大自然的领主；而崇高则源于恐惧。

梭罗对"严酷的原始主义"的体验和感悟，似和今天流行的生态主义文学观念是同调的。而生态主义是否真正理解梭罗的"崇高"观，则需要反思。这个问题值得挖掘和探讨。

再次，有关野性的第三个层次，评传作者为我们提供了一些说法，见之于梭罗的《行走》一书，它是梭罗关于荒野（the wild）这个主题的讲座稿汇编。书中广泛引用了洪堡、居约、林奈、布丰等人的著作，是梭罗的自然哲学的一次集中宣讲。值得注意的是，梭罗将西方对新世界的地理探索喻为对心灵深处野性的探索。

他的有些说法颇耐人寻味。他说：

我们前往东方，为的是了解历史……我们去往西方，则是为了面向未来。

我所谓的西方，不过是野性的另外一种称呼罢了。

世界存在于野性之中。

生命由野性构成，最具生命力的事物同时也是最具野性的。

中国读者，因为《瓦尔登湖》引用孔子、佛陀等人的观点而认可其文化多元主义，进而感到亲近，以为梭罗的野性之梦和中国古人的山水之乐同调，未知梭罗的"野性"是与西方精神（拓殖主义）共鸣，赋予后者本体论的意义。梭罗所谓的"野性"，是和"未来""知识""生命力"这类概念等同，是其文明观的辩证组成部分。

爱默生对梭罗的野性之梦不以为然，认为后者是走火入魔，将人引向"广阔的洞穴和虚无的沙漠"，引向"欲念和疯狂"。这个评价移用在康拉德的《黑暗的心》上面倒是贴切的。罗伯特·理查德森指出，爱默生没有真正理解梭罗对"棕色语法"的兴趣。

"棕色语法"源于西班牙语gramatica parda，是指大自然母亲的智慧，一种野性的幽暗的知识。

就常识而言，野性与文明对立，而梭罗的看法不同。他强调指出，人类文明的建构和拓展"都是从充满野性的源头获取养分和活力"。因此，他为"野性"赋予极高的道德价值。他说："所有的善的事物都是野性而自由的。"而他感兴趣的是"绝对的自由"，即，在幽暗未定的知识边界彰显"我们内心深处的一种品质"。

梭罗的观念似乎蕴含着浮士德的气质，就其对知识的探求而言，属于浮士德式的无穷尽的越界和探索；不承认边界，不理会既定约束；并且把价值重估视为价值生产的活力之源。爱默生认为梭罗的野性观是走火入魔，也许他没有意识到梭罗思想中的一个隐含的面相，即其文化创生意识——梭罗要重估价值，再造英语文化。

梭罗和爱默生一样，对如何建设美国文化及美国文学深表关注。在有关"野性"的思考中，他试图定义西方文明的本质，并且对英语文学做出了独具特色的概观。

他不无挑衅地指出："从游吟诗人的时代到湖畔诗人

的时代，从乔叟、斯宾塞到莎士比亚、弥尔顿，英语文学似乎从未发出过任何新颖或野性的声音。"他认为，英语文学总体上是驯服和文明的，而"希腊神话所扎根的大自然，要比孕育了英语文学的大自然富饶得多"。

这个观点就其本身而言是颇有启发性的。莎士比亚、弥尔顿等人是否能从希腊文化中逐出，暂且不予评说。梭罗的价值重估的意图是清楚的，他试图在基督教文化之外寻找能量和资源，不仅是希腊神话和德国唯心主义，还有东方的唯心主义、美洲印第安文化等，这些都是他汲取"野性"的资源。

总的说来，梭罗对野性的崇尚就是对自由的崇尚，赋予自由这个概念以善的积极的意义。尽管梭罗身上的自由意识和个体意识离不开新教背景（新教强调自由和个体），原则上讲是内含新教文化的基因，而他本人则试图摆脱这个文化框架，另立门户。他的梦想是产生一部"更新的《新约》"，是一部康科德的《吠陀经》，用"温润雅致"的英语写就。

《梭罗传》为我们提供了文化哲学方面的概览式的介绍，尤其是关于"野性"的三个层次的梳理，让人得以窥见梭罗的视野和全方位定义自我的欲望。

我们知道，全方位的自我定义和无边无际的注意力，正是《瓦尔登湖》展示的一个激动人心的特质。

三、诗人梭罗

梭罗尚未出道时爱默生就尊他为诗人了。在梭罗的多重身份中，诗人是他的第一身份，这一点是没有疑问的。

从《康科德与梅里马克河上的一周》《瓦尔登湖》等书的写作便可得知，他如何汲汲于词句的精雕细刻的圆满感，如何从隽语和隐喻的播撒中获得愉悦。在《瓦尔登湖》的《种豆》一章中，他表示，他在田里耕作，"只是为了寻求修辞方式和表达方式，希望有一天能够创造属于自己的隐喻"。此言道出了他写作的心声。

罗伯特·理查德森指出，梭罗注重修辞手法，喜欢使用"似非而是的隽语"。例如，用"白色的黑暗"描写冬季的森林，用"家庭般的温暖"形容大雪覆盖的树木，以及"温暖的雪""文明的森林"，等等，弄得爱默生都有些恼火了，埋怨他太过喜欢反语，削弱了词语的正当效用。梭罗虚心接受批评。不过，诗人之为诗人，总是体现在对词典和文字游戏的嗜好上面。

梭罗对语言的使用最能够展示其作为诗人的天性；他遣词造句的手段，从对明喻的使用便可见一斑。例如，"一尊尊灰白色的佛塔，仿佛是大地灰白的眉毛……"，这个比喻显得稚气、精巧，颇有想象力，并不弱于叶芝的佳喻。作者看事物的眼光是睿智而梦幻的。

再如下面这段文字——

只有灵魂与自然的联姻才能让智慧结出果实，才能产生想象力。当我们死去，变得像马路般干枯时，那些哺育过我们的健康的思想将把我们与自然联系起来，与她产生共鸣；一些飘浮在空中的营养花粉会纷纷落在我们身上。霎时间，整片天空都变为一道彩虹，充满着芬芳。

对超验主义思想的华美动人的阐释，也许莫过于这个段落；其中关于死亡的比喻——"当我们死去，变得像马路般干枯时"——令人称赏。英语诗歌要到二战前后才流行这种比喻（"马路般干枯的死亡"），先是艾略特后是奥登，敢拿最无诗意的物象设譬。

艾略特推崇17世纪英国玄学派诗歌，是这方面最有力的推手，而从语言层面看，梭罗在《瓦尔登湖》中用经济学语汇来扩张词语库，构建别致的语体，其实就是玄学派诗学作风。梭罗的这种尝试显然被遮蔽了，未能得到恰当的关注和评价。博尔赫斯谈到北美文学，每每称引爱默生、霍桑和惠特曼，几乎不提梭罗，这让人有点不解。也许他在某篇文章中提到过，我们没有看到。

从《梭罗传》的形形色色的引文，亦可一窥梭罗的诗心和手艺。他是蜜蜂般辛勤劳作的游记作家、日志作家和博物学家，可他的天职终究是写诗。爱默生指出，梭罗的人生传记——至少是其中的一部分——都写在了他的诗里。但诗歌我们缺乏译介。传记提供的引文有限，多半是一鳞半爪。

且看《生活如斯》这首小诗：

我是一个包裹，身体里裹挟着徒劳的努力，

被根根偶然的绳索绑在一起，

左右摇摆。

为何它们绑得如此宽松？

我在想。

啊，那是为了迎接更和暖的天气。

这种诗句，既不是典型地表达大自然的治愈力，也不着眼于作者散文中钟爱的"勇武"主题，而是提供一幅淳朴、诙谐而不失隽永的自画像，诗人的性情宛然可见。

罗伯特·理查德森指出，梭罗的诗歌多半比较老套，特色不明显，像《生活如斯》这样的佳作并不多见。确实，梭罗的诗艺在散文写作中辨识度更高，他的创作重心多半是转到散文上了。

这种转向恐怕未必像评传作者所说的是潮流使然——散文的时代取代了诗歌的时代。爱默生两种文体兼擅，而惠特曼专写诗歌，也都是可行的。有一点需要强调，梭罗试图摆脱惯常题材的束缚和爱默生的影响，事实上正是在散文写作中实现的。

也许散文是更合适的载体，用来记叙对森林、船只和垂钓的知识，对动植物的兴趣（《马萨诸塞州自然史》）。诗人和博物学家在散文中锻造自我，造就了一个独具特色的梭罗；他追求的既不是"事实"，也不是"幻想"，而是"事实"和"神话"的联结，能够使客体表象取得闳深境界的那种关联。

梭罗说："对自然法则——重力、热度、光、湿度、干燥度——进行沉思，是健康而有益的。或许对于那些冷漠或粗心的人而言，他们观察到的不过是科学事实，但对于得到过心灵启蒙的人而言，他们看到的不只是事实，更是行为，是纯粹的道德，是神性的生活模式。"

另一个表述更简洁，也更具自画像的性质，他说："所谓诗人就是能够写出纯粹的神话的人。"

梭罗此人，年寿不长，生活大体是波澜不惊，但这并不意味着他的身上缺少戏剧性。和爱默生比，他显得神经质一些，更容易伤感、冷漠和消沉。他的语言显示其洞察背后的梦幻，绵密深邃，时冷时热，似乎不容易让人理解。他是一个颇具现代感的作家。

和所有善于制造明喻、隐喻的诗人一样，他的思想是复杂多变的，而隐居、远足或单身生活有时成为遮掩其复杂性的面具（这方面我们会想起威尔士诗人R.S.托马斯）。可以说，诗人的生平故事离不开他所锻造的明喻和暗喻。语言文体的构造正是我们测量诗人的独特性、广度和深度的凭据。爱默生的那句话应该是包含了这层意思。这方面我们谈得太少。梭罗的风格隐含的复杂和魅力，很值得探究。

《瓦尔登湖》的一个魅力不也是在于其语言吗？它传

达一种几乎是家喻户晓的思想：减少负累，回归自然，过一种自给自足的生活。而让人一遍遍读它的理由，除了这个感召人的宗旨，还在于它的并非透明地呈现于我们眼前的冥思和理念，它那种语言和表述方式。

总的说来，《梭罗传》对传主的诗学特色及演变，考察比较周详，体认也颇细致，能够打开读者的眼界，填补认知上的空白。

中文译介还有很多工作要做，早期诗歌及数量庞大的日志和书信都是亟须选编出版的，它们只有一部分内容在其代表作中得到采用。罗伯特·理查德森的评传花了不少篇幅介绍梭罗的阅读书目，这部分读来让人觉得饶有趣味。书目大半取自日志和书信，显示诗人创作的影响源，像是把内在的一部分秘密暴露给我们了。

梭罗是一个精细敏锐的观察者；他有着真正的作家所具有的那种观察的本能和饥饿感。他一向爱读分类学方面颇有造诣的著述，歌德、林奈、达尔文、拉斯金、罗伯特·吉尔平以及《耶稣会报道》等文献；他研味其间，也是为了锤炼其所谓的"观看的艺术"。

他那种内在强度十足的阅读兴趣，几乎是难以自满的探索，使人感到振奋又钦敬。他对观察和描绘如何显得真确有严苛要求，成了他活着便不会中止的一种思虑。

他在日志中写道："吉尔平说得不错，薄雾是'既远又近'的。"

（2021 年）

反向介入

——米歇尔·莱里斯的自传写作

一

米歇尔·莱里斯（1901—1990），法国诗人、人类学家，见证了一战后巴黎艺术大爆炸黄金时代，参与了超现实主义运动，也是欧洲最早接受爵士乐的知识分子，其声名主要缘于两类著作，即其"反人类学"的人类学名著《非洲幽灵》和别具一格的自传作品《成人之年》《游戏规则》等。

《成人之年》（东门杨译，生活·读书·新知三联书店2018年）出版于1939年，作为一部自传性的随感录，因其"重新定义了自传写作"而在文学史上占据一席之地。它是莱里斯最知名的文学作品，但在法国之外却并不有名。

苏珊·桑塔格推荐此书（英译本更名为《男性气概》），认为其"执着的诚实"令人瞩目，比蒙田、卢梭、司汤达的作品"更古怪，更严厉"，而且"走得更远"。

她在《反对阐释》（程巍译，上海译文出版社2003年）中说：

> 法国文学中所有其他的忏悔类作品都源自于自爱，并怀有一个清晰的目的，即为自己辩护或开脱。莱里斯厌恶自己，既不会为自己辩护，也不会为自己开脱。《男子气概》是一部名为自传、实为伤风败俗的书——是怯弱、病态、被损毁的性情的一连串自我暴露，因此，在叙述的过程中，莱里斯暴露自己的恶心之处，就并非偶然了。恶心之处，这是他这本书的主题。

此书是忏悔之作，"试图以尽可能的明晰和真诚来讲述自己"，有着法国文学常见的心理剖析和道德反省，其特点是对神经质心理和情欲的书写细致而露骨。

　　说到诚实，我们知道，蒙田的随笔、卢梭的自传和司汤达的日记都是力求诚实，这一点没有疑问。不能说自传写得"令人反感"就表明其诚实的程度更高。莱里斯的自传讲述的是一个天性敏感的人的神经质表现，和卢梭的自传主人公似无太多区别。但卢梭是不会通篇写情色体验的，莱里斯则在这方面写得暴露，写得不厌其烦的专注。这里面有时代精神和文学观念的作用，诸如象征主义、唯美主义、超现实主义、弗洛伊德等因素是不能不考虑的。此外，把回忆录写成不连贯的图像拼贴，也和先锋派的美学趣味有关。

二

　　莱里斯的写作显示精神分析学的理念。他从色情的角度入手写自传，认为这是一个优先的角度，因为"性是人性大厦的基石"。他的这个原则是坚定的。有些细节，不要说是卢梭，同时代的普鲁斯特和纪德也不会去写。例如——

大约十一二岁时，每当夜晚街灯初上，我便躲上床去手淫（至今，我仍能想起那夜灯昏暗的古铜色，潮湿油腻，仍能闻到那种煤油燃烧过的味道）。这种时刻，我每每会去完成一项漫长的仪式。我将自己的长睡袍沿肩膀慢慢褪下，让上半身裸露出来，睡袍一直被拖到腰部，看上去像是非洲人的缠腰。

这种自白的笔调完全有可能出现在《追忆似水年华》第一卷或是纪德的自传体小说中，其孤独的感官体验渗透细腻的韵味，但是普鲁斯特和纪德还不至于写到自慰。且不说十一二岁开始手淫也太早了点，那种仪式感和造型未免有些妖冶，俨如安格尔画中的裸女梳妆，却被赋予一种与其年龄和教养不相符的古代名妓的风范。读者会想，这个人给自己画了一幅怎样的童年画像啊！

书中还写到第一次勃起。作者回忆他和家人一起在巴黎近郊的森林散步，看到一群年龄相仿的小孩在爬树；"他们的脚、脚趾的皮肤与粗粝的树皮接触"让他忽然感到兴奋和惆怅。作者说，性器官的变化和看见孩子爬树之间的关联当时并未意识到，以为不过是巧合；很久之后他才回想起那个"奇异的感觉"，那久难平复的"快乐和痛苦"的心绪。

诸如此类的细节是作者勉力加以刻画的。此书的一个主题便是记录童年的力比多冲动。好像只有将这种经验描写出来才是反映真实的童年。乔伊斯的自传体小说《一个青年艺术家的肖像》也秉持这个原则，而它记录的也就是湿烘烘的尿床、母亲身上好闻的气味，没那么出格。

需要说明两点。首先，莱里斯的描述并不倾向于夸张或虚构（他讨厌自传写得不真实）。其次，仪式化的自渎也不是什么突发奇想，主要是源于一种有教养的成人文化。

《成人之年》有一半以上的篇幅是在讲述童年的色情想象和成人的文化制品之间的关系，这种文化的格调是高雅的，例如拉辛、歌德、莎士比亚、瓦格纳等。作者随父母去剧院观看歌剧，从父亲的书架上偷看插画和《拉罗斯百科词典》，以此获得早熟的性启蒙。一个追求风雅的小资产阶级家庭，略似萨特的自传《词语》中的家庭舞台剧场景和文化气氛。

作者谈到母亲送给他一本拉辛的作品。拉辛的风格令他入迷，因为那里面有他"喜爱的古代的坚硬和一种闺房卧室中的丝绒感"；在他看来，拉辛笔下"所有的线条都圆滑流畅，仿佛恋爱中的肌肤"。

毫无疑问，自传的主人公不仅早熟，而且有着出色的感觉禀赋。他的感觉是如此发达，一个词语、一幅插图、一件物品都会唤起强烈的官能冲动，好像对他这种人而言，自然经验缺乏真实的基础，而真实经验无一例外都是在文明的温床上培育的。

书中写道：

> 很久以来，"古代"这个词总带给我某种肉体上的愉悦。我被那些大理石建筑的冰冷的温度和坚硬的棱角所吸引。我常常设想自己躺在石头地面上，伸展开四肢，或者抵着石柱站立，用身体紧贴柱面。有时，我会将让自己无比兴奋的性想象归结为——一个冰凉结实如古罗马建筑的女性臀部。

这个段落和"自慰"的段落出现在同一小节中，涉及词语和人工制品所催生的色情意味。在莱里斯笔下，高雅文化和官能体验以极为敏感的方式相互作用，好像两者均已抵达纯物质的层次，以模压花纹的方式凸显一种特殊的感觉禀赋。

书中反复提到两个典故，即古罗马贞女鲁克丽丝、《圣经》中的女英雄朱迪特和亚述将军霍洛芬斯。故事是大家熟知的，鲁克丽丝遭到强奸而愤然自杀，朱迪特以美色勾引将军并砍下其头颅。这两组人物出现在一幅双联画上，引起莱里斯持久的兴趣。

　　他的解读富于色情刺激性。他说，鲁克丽丝用来自戕的那把匕首，"必须完全刺入肉鞘，就像强奸者那根无情的阳具"，而朱迪特提着割下的头颅，"这手中之物仿佛在霍洛芬斯射精的一瞬，她紧闭阴唇割下阴茎"；他则把自己想象为霍洛芬斯——"头颅羞辱地沉浸在血污之中，在发酸的酒浆和浪漫的朱迪特污渍斑斑的裙子之间"。

　　这幅想象出来的包含羞辱的自我肖像，流露明显的受虐倾向，似乎最能够代表莱里斯对"兴奋"和"着迷"的理解。我们看到，神话的运用并不是出于一种人类学的兴趣和参照；神话被植入早熟的体验，成为参与肉体经验的淫邪的元素。三岛由纪夫的自传体小说《假面告白》中也有类似处理，将偶发性的生理冲动导向神话典故的渊薮。

　　波德莱尔以降的法国文学中，强烈的官能和情色的描写为数不少，并非只有莱里斯一人在写，他添加了属于他的经验图像。他的图像会招致反感，因为弗洛伊德式的泛性欲论倾向让童年和成长的叙述显得很不阳光，而且也有点过于刺激了。

另一个方面我们看到，理性主义自我理解的模式也会造成偏差，遮蔽童年的力比多冲动，带来不真实的描写。《成人之年》对童年性欲的描绘，包含着精神分析学的一个观念，即人的内在自我贯穿整个生命，以力比多的形式顽强地表现出来，我们所谓的早熟或反常只是压抑的一种表现罢了。莱里斯的自传要让我们看到这一点。它不分割童年和成年，不以时间序列来表呈经验；它在一个内在自我的基础上看问题。

乔伊斯、普鲁斯特的作品也都是强调这个内在自我，并将其延伸至幽昧的童年时期，但不像莱里斯那样用尖锐的色情视角切入，予以露骨的再现。

三

除了探讨童年的性欲冲动，该书也加入了"自我厌恶"的主题。如苏珊·桑塔格所言，它是对"怯弱、病态、被损毁的性情的一连串自我暴露"。或者说，它是对小资产阶级习性的深入检讨和反思。

作者总结说——"我用指尖的脂粉涂抹生活；凭奇异的视角来为自己平淡世界的织物着色"；"无论从哪一点看，我都像是个小资产者，却自诩为出没风月场的萨达纳帕勒斯"；"我总是用各种各样的面具来掩饰我小资产者的肮脏嘴脸，我所模仿的也不过是我所敬仰的英雄们最粗浅的一面"；"我的生活是如此的平庸，平庸，平庸"；"内心中，我只忧虑两件事：死亡和肉体的痛苦"；云云。

对莱里斯来说，问题清清楚楚，那就是"卑劣的本性"导致其生活的腐蚀和败坏，而他没有力量战胜本性的怯懦。

"卑劣的本性"并不是指早熟的性欲，而是指心理、道德层面上的自我败坏。用作者的话说，堕落是绝对的，衰退是逐步的。换言之，堕落是因，衰退是果，一切都是源于"卑劣的本性"造成的堕落。

莱里斯的自我评判是视角化的，而非事实性的，这一点和乔伊斯的短篇小说有点相像。书中找不到一个典型事件说明其"绝对的堕落"和卑劣。充其量是对自我的存在感到不满，由此产生心理上难以忍受的失望和挣扎。他对惩罚、祭献、他者、勇气的渴求，也是源于其自设的信念，而较少与特定的事实相关。这种信念排斥生活中无关痛痒的东西，突显作者的痛苦、空虚和自卑，从中催生一种视角化的反思。问题不在于事实是否全都像他描写的那样，而在于价值排序之于经验或细节的意义。

例如，他会放大舅舅在他眼中的魅力，后者"一生混迹于各种领域，毫不在乎这些领域的好与坏"；"特别是，他年轻时还被他想要抛弃的女人捅过一刀"。

而他并不具有舅舅那种"令人钦佩的坚定意志"。他对自己能否投入爱情也是充满疑虑，遑论被女人捅上一刀了。他的反思带有克尔凯郭尔的那种游移感：

> 为了她，我要投入到怎样的惨剧中？我将忍受怎样的折磨？是被捣碎骨头，撕裂肌肉，还是被溺水或是被小火灼烧？我清楚地意识到我对来自身体痛苦的恐惧，我告诉自己，我永远也无法逃脱这恐惧，我只会被羞辱碾碎，我时刻感到那无可救药的懦弱造就的我整个腐烂的存在。

莱里斯认为，问题的本质是"与对死亡的困惑和对虚无的恐惧相关，它隶属于形而上学，更加玄奥和抽象"。不过，他也意识到，问题的关键正是在于他不能像他景仰的英雄那样，"毒杀自己"或"在决斗中定生死"。他能感受到的是小资产阶级的极度软弱和卑怯。因此不难理解，他会把英雄主义的勇气和祭献视为一个重要主题，他的反思始终围绕着"苦痛、挫败、赎罪、惩罚"等观念。

这个主题也是在儿时耳濡目染的高雅文化中形成的。《浮士德》《漂泊的荷兰人》《莎乐美》《哈姆雷特》等，让他在剧院包厢里体验忧郁的心灵感化。他说，"只有包含悲剧色彩之事才对我散发着强烈的吸引力""这种吸引是一股惊恐、焦虑和欲念、渴望交织的潜流"，给毫无出路的自我反思注入悲观的自杀性意图。

他认为自己"无力去爱，过于怯懦，不值得被爱"，两性关系只会带给他"羞辱"的体验。在1924年的日记中他说："唯一的解决之道就是自杀，这将是我最后要做的事。"

有意思的是，莱里斯在1957年有过一次自杀，结果未遂，他反倒成了他那一代作家中最长寿的人。

在三岛由纪夫看来，肉欲和殉道是最美的生命原力，应以果决的勇气践行之。而莱里斯自幼至长便知晓，殉道是万难做到的，实际也是无道可殉，有自杀的意图就不错了。他嘲笑自己是"啰唆的忏悔家"。他的行文节制，与

"啰唆"无涉。他的意思是说，任何缺乏行动的忏悔都是可悲地缺乏说服力。他把自传写作定义为"文学斗牛术"，便是在暗示这种观念。换言之，写作必须像斗牛那样介入风险，要将自己置于易受伤害的危险境地，"如同将一只牛角的阴影引入到文学中来"，而这会给写作者带来真实改变的希望。

莱里斯给自传写作施加了一种精神压力，不少地方比卢梭、司汤达更古板，更重视道德严苛性，因此也显得更不浪漫。非要加以比较，则不能说卢梭、司汤达比莱里斯欠缺诚实，但可以说前者完全不具有后者的"自我厌恶"，这一点倒是判然有别。

这种"自我厌恶"也要加以分辨，不能停留在小资产阶级自我批判的层面上，仅仅将其视为道德化的内省。是的，莱里斯的标准是严苛的，某种意义上是彻底的；拒绝"内省基调里的自我欣赏和忏悔深处被宽恕的愿望"；寻找自我的评判者而非同谋；他走向自恋的反面，剔肉拆骨，不给自己一点怜惜。严峻的道德主义无疑是这本书的核心。

然而，"自我厌恶"并非限于道德清教主义层面，也表达现代虚无主义的自我反噬的心理，这是不能不注意到的。所谓"本性的卑劣",既是一种道德裁决,也是一个存在论意义上的结论,表达心灵的烦闷和挑剔。可以说,这是一个不承认限制的自我,对存在的限制和阻力表示不满;他将本性的缺陷和存在的限制联系起来,以此解释其挫败、痛苦和眼泪。

本性的缺陷一旦成为首要的阻力和限制,主体的心理反噬就会显得尤为激烈,而其自我审视就成为"一系列弱点"的袒露和清算,诸如心理反常、性能力不足、怯懦犹豫等。这种"自我厌恶"不完全是出于道德廉正感。也可以说,他是一个演员,全情投入自设的信念,上演一出内心的苦情戏,品尝其心灵的怨毒、自责和渴念,在反思中发出切齿哀号,这多么像陀思妥耶夫斯基笔下的"地下室人"!而这个不承认限制的自我,自然也不会满足于道德的救赎。他把职业、健康和安乐视为无关痛痒,岂能求助于一般意义上的道德救治。

说得难听点,道德救赎是乏味的,不如自我了断来得痛切畅快!因为,一切寻常的手段和意义对于他都会显得不够有意义。这是典型的存在主义倾向。加缪的《西西弗神话》开宗明义谈论自杀,而《成人之年》则反复进行自杀的思想操练,昭示了一种共同的精神底蕴。莱里斯的自传也富于哲学随笔的玄奥色彩，和这种思想倾向不无关联。

四

作者在序言中提出一个说法，叫作"反向介入"，用来阐释其创作哲学。这个说法有理论上的指向性，不妨在此稍加评述。

莱里斯声称，《成人之年》"与'介入文学'相去甚远，但这却是一种文学，我将全部的自己介入其中"。

这里说的"介入文学"，是萨特于1945年在《现代》杂志创刊号的社论中提出来的概念，在其《什么是文学》一文中也有阐释。"介入"是指作家对当代问题表态并采取行动（反对法西斯主义、种族主义、殖民主义等）；也就是说，文学必须干预社会生活。

莱里斯的序言作于1945年岁末，没有提到萨特，但具体应该是有针对性的。所谓"反向介入"，在此可以理解为反萨特之道而行之，要把写作的焦点投放到作者自己身上，即"以自己的赤裸之心写就一本关于自己的书"，而非追求政治意义上的承诺和责任。

莱里斯提出"反向介入"的概念，其出发点是为了反驳萨特的主张和呼吁。此外，他把自传写作当作一个诗学现象来考察，这一点更值得关注。

他指出，"近些年来，自传式的小说、日记、回忆录、忏悔录形成了一股让人难以置信的潮流（仿佛，谈到文学作品，我们不再关心何为创造，只从表达的角度考虑创造。我们审视作品背后时隐时现的人，而不是作为编造之物的作品）"。他认为《成人之年》和这些作品的性质相同，是属于同一个文学阵营。

米歇尔·莱蒙的《法国现代小说史》（徐知免、杨剑译，上海译文出版社1995年）对这个现象也有过考察。书中谈到，二战之后的法国文学"出现了不少处于小说体裁边缘的作品"，它们是"诗歌、哲学或自传之类的变体"，其创作特点是"不把重心放在想象的方面"，而是"专注于实际生活经验的反思"；这些作品"无法归类""不属于任何确定的形式"，"既是小说，又是诗，又是评论"，用虚构作品的常规特点是难以概括的。

该书认为，菲利普·索莱尔、乔治·巴塔耶、让·热内、莫里斯·布朗肖、萨缪尔·贝克特等人，其创作"逸出了小说之外"，和莱里斯"内容丰富"的自传作品相仿，注重"实际生活经验的深化"，表达"勇敢和清醒的精神分析"。因此，看似难以归类的作品出处相同，包括20世纪50年代以后出现的法国"新小说"，也是这股潮流的产物。

从文学史角度看，"反向介入"的基本特点在克尔凯郭尔、尼采等人的作品中也有表现，诸如哲学和文学的边界不清晰、体裁上难以归类、表达对主体经验的深刻反思等等。所谓的现代派文学，总体上讲也是这个特点。问题恐怕不在于是否摈弃虚构和编造，而在于高度的自我关注。乔伊斯和普鲁斯特的虚构作品，反映特定社会和时代生活，并未脱离现实经验，但在社会历史批评家看来，它们过于强调个体的主观意识，是一种缺乏社会改造功能的唯美主义文学，未能承担起启蒙民众政治意识的责任。萨特提出"介入文学"的概念，强调文学的政治功能及其对社会进步事业的作用（"只有为了别人，才有艺术；只有通过别人，才有艺术"），也算是矫枉过正了，虽说其小说《恶心》和这种主张是水火不容的。

将莱里斯的写作置于文学史和批评史的背景考察，其性质或许就更明确了。高度的自我关注是其最重要的特质。莱里斯将"真实"限定在个体的经验范畴，反对想象和虚构。然而，他做不到将梦境、幻觉和信念之类的成分排除出去。此外，图像拼贴造成的叙述强度算不算是一种虚构效应？恐怕不能将"想象"的作用完全祛除吧。不如从"反向介入"的立场强调其个体的主观性，更切实际些。

"反向介入"是一股潮流，是两个世纪以来的主体性哲学的一种文学实践，有其观念史源流和诗学谱系。莱里斯的写作是他那个时代的巴黎文化的产物，而其感觉和气质的特殊性，未尝不带有波德莱尔、陀思妥耶夫斯基等人的烙印。

我们会听到相似的忏悔和呻吟——像是在说：软弱的人、卑劣的人，其情爱的心理世界难道就不值得挖掘吗？

作者解释说，和异性相处时"极端羞辱"的感觉，主要是缘于"圣洁的恐怖"之缺失。所谓"圣洁的恐怖"是指"有女人让我可欲而不得、让我恐惧、让我瘫软不知所措"。对他而言，征服温柔女性只能让他倍感无能，"在这出悲剧中，如今留给我重燃勇气、战胜卑劣本性的唯一办法"，就是以折磨温柔女性的方式，"更好地爱护她"。也就是说，用怜悯代替这种恐怖感的缺失。

莱里斯的这类描述，不妨看作是对陀思妥耶夫斯基《地下室手记》第二部的注解，我们也许会更容易理解

"地下室人"对妓女丽莎的那种既是折磨又是关爱的奇特心理。在莱里斯笔下，我们看到一个软弱无力的人如何制造其"特殊法则下的狂热"，他将这种"狂热"与他"在性方面受到的恐怖打击相连"。且不说其明显的色情受虐倾向、他所患的轻度阳痿症，单以他在心理上的"自我厌恶"而言，真正值得怜悯的人无疑就是他自己。可以说，这篇自述比《地下室手记》更颓废，更不讲脸面，或许更能引起精神分析学家的临床兴趣。

莱里斯的表述也有浓厚的波德莱尔气味。他说，他内心越是"悔恨"就越是感到"陶醉"。这是《恶之花》的熟悉的语气。波德莱尔式的短语，诸如"美味的忏悔""诡异的芳香"；波德莱尔式的悖论，诸如"淫乱中的禁欲主义，占有中的无私给予，享乐中的自我牺牲"；波德莱尔式的"纯粹的厌腻"和忧郁；波德莱尔式的忏悔——"除了亵渎和败坏，我们什么也做不了"等等，在莱里斯笔下是一点都不少的。

我们用"高度的自我关注"定义"反向介入"的概念，认为其特质是"专注于实际生活经验的反思"并触及"自我绝对的真实"。这么说大致不错，但恐怕还不够。

莱里斯是以现代艺术家的方式在阐释"自我厌恶"的

主题，这是他和波德莱尔的关联。《成人之年》讲的不是一般意义上的自我，不是一般意义上的生活，而是福柯所谓的"现代艺术家"的自我和"现代犬儒生活"；它表现的是一种在艺术家眼中聚焦的"赤条条的生活""直接展示真相的生活"。也就是说，艺术家的生活"在某种意义上应当是艺术在'真'中之展现"，这是构成现代艺术的必要条件。

福柯在《犬儒主义和艺术家生活》一文中总结说，"艺术在现代成为犬儒的载体"是基于这样一种观念，即"艺术本身，无论是文学、绘画还是音乐，都应当与现实建立一种联系，这种联系不是装饰、模仿的范畴，而是剥光、打碎面具、铲除锈迹、发掘洞穴、强烈的还原和缩减为生命的基本状况"。(《说真话的勇气：治理自我和治理他者II》，钱翰译，上海人民出版社2016年)

将《成人之年》视为"生存的基本状况从中涌现出来"并且"被剥光"的"一个艺术的场所"；在此基础上定义"反向介入"的概念，应该会有更深入的启发。用"现代艺术家"的命题来考察莱里斯的自传写作，会有更切近的文化社会学意义，我们会看到和波德莱尔、福楼拜、贝克特、安德烈·马松、弗朗西斯·培根等人的关联。"现代艺术家"的生活观念和艺术旨趣在《成人之年》中得到印证，这是此书的一个意义。

此书刻画了和弗朗西斯·培根的风格相似的男性肖像，一幅肉感的受难者的肖像，其精细的线条、执拗的学究气和骚动的色彩，难免晦涩迂曲，但没有一笔是乏味的。

（2023年）

卡夫卡的先驱

一

博尔赫斯写过一篇短文，题为《卡夫卡及其先驱者》（王永年译），作于1951年。文中提出一个问题：卡夫卡的风格独特，文学史上未见先例，但是否真的像我们认为的那样独一无二？

博尔赫斯说，初读卡夫卡会觉得其风格前所未有，读多了则感到在不同时代的文学作品中能够找到先例。他举了五个例子来说明。

第一个是芝诺的"两分法"悖论，即一个人从起点走到终点，要先走完路程的二分之一，再走完剩下的总路程的二分之一,再走完剩下的二分之一,如此循环下去,永远走不到终点。博尔赫斯认为,这个问题的形式和《城堡》的问题一模一样。芝诺的"两分法"悖论,还有"飞矢不动""阿基里斯与龟"等悖论,它们就是"文学中最初的卡夫卡的人物"。

第二个例子是韩愈的《获麟解》,是博尔赫斯从《中国文学精选集》中读到的一段西语译文。相应的原文如下——

麟之为灵,昭昭也。咏于诗,书于春秋,杂出于传记百家之书。虽妇人小子,皆知其为祥也。然麟之为物,不畜于家,不恒有于天下。其为形也不类,非若马牛犬豕豺狼麋鹿然(中略)吾知其为犬豕豺狼麋鹿,惟麟也,不可知。不可知,则其谓之不祥也亦宜。

博尔赫斯认为这段文章的调子和卡夫卡的很像。

第三个例子是克尔凯郭尔。不是讲他和卡夫卡在思想上的相似,而是讲两个人的宗教寓言都采用了当代资产阶级题材。例如,某伪币制造者被迫在严密监视下检查英格兰银行的钞票,这个罪犯就是克尔凯郭尔自身的写照,上帝不信任克尔凯郭尔，委派他的任务恰恰是让他习惯于罪恶。再如，丹麦教区神父关于北极探险的说法，声称此类探险有益于灵魂健康，但是去北极很难，甚至不可能，并非人人皆可从事此类探险，因此，任何形式的旅行（包括郊游）最终都可被视为北极探险。

第四个例子是勃朗宁的长诗《疑虑》。诗中说，某君有一位名人朋友，但从未谋面，更未得到其帮助，只是私下传颂其高尚行为，传阅其亲笔书信，但有人对这位名人的行为产生怀疑，笔迹鉴定专家证实那些书信均系伪造，某君最终问道："难道这位朋友是上帝？"

第五个例子是博尔赫斯摘抄的两篇故事，一是出自布瓦洛的作品，说有人收集了许多地球仪、地图、火车时刻表、行李箱，但直至老死都未能走出自己的家乡小城，另一个故事是邓萨尼勋爵的短篇小说《卡尔凯松纳》，写一支英勇的军队从城堡出发，翻山越岭，穿越沙漠，征服了许多国度，见识过奇兽怪物，虽然曾望见过卡尔凯松纳，却从未能够抵达那个地方。博尔赫斯解释说，这两个故事刚好是相反，"前一个是从未走出小城，后一个是永远没有到达"。

博尔赫斯的讲解都是点到即止，限于转述，让读者自己去意会。为什么说《获麟解》的调子像卡夫卡？大概是指那种"既非……又非"的排除法的陈述是卡夫卡特有的句式。韩愈和克尔凯郭尔的文献都是从二手资料中获取；如果不具有相当的敏感，则难有此类发现。文章最后归纳说："如果我没有搞错，我举的那些驳杂的例子同卡夫卡有相似之处；如果我没有搞错，它们之间并不相似。"

这是典型的博尔赫斯话术，第二个陈述否定第一个陈述，而两个陈述又都是正确的。一本正经的佯谬语气，有点像是在开玩笑。

这句话其实是想要指出，说"似"还不够，有必要谈一下"不似"。勃朗宁的长诗和卡夫卡作品相似吗？应该是不像的，只是某种特质的相似而已。博尔赫斯说，卡夫卡的作品让我们觉察到那种特质，如果他没有写出来，那种特质或许就不存在；现在我们读勃朗宁和过去读勃朗宁已经有所不同，我们偏离了当初的阅读感受；是卡夫卡让我们产生这种偏离，意识到勃朗宁诗中预示的卡夫卡逻辑。而这种"不似之似"的意义是更重要的。

博尔赫斯由此指明"先驱"一词在文学史上的意义。他的结论和T.S.艾略特在《传统与个人才能》一文中的论点相同。他说，"事实是每一位作家创造了他自己的先驱"；"作家的劳动改变了我们对过去的概念，也必将改变将来"。换言之，存在着传统和个人之间的联系，这种联系是相互作用，而非单向和线性的。在这种相互联系中，作家互不相似的独特性也许会有所淡化，而其相近的特质则会突显出来。博尔赫斯指出，早期写作《观察》的卡夫卡和后来写作"阴森的神话和荒诞制度"的卡夫卡之间的联系，不如他和勃朗宁、邓萨尼勋爵之间的联系那么紧密。

《卡夫卡及其先驱者》一文不是严格意义上的学术文章，例子都是信手拈来，重在感受而非论证。卡夫卡对中国书籍的阅读，在各类传记和专题研究中都有涉及，博尔赫斯的文章没有引用相关文献，而是表达其即兴的一得之见。韩愈的《获麟解》对卡夫卡有过影响吗？文中没有提供证据。但我们知道，这并不重要，博尔赫斯从事的不是考据工作。他举的例子是五个还是十五个，这也不重要。他的文章有创见，将一种我们可称之为文学侦探工作的乐趣注入其中，给人启发。除了第一个例子应该有人讲过，后四个都是博尔赫斯发现的，其凝练的转述是在强调，此中存在着所谓的"家族相似性"。

文中举述的例子，可分成三组。芝诺的悖论和韩愈的文章是一组，提炼的是无限可分的概念；克尔凯郭尔和勃朗宁是一组，有关上帝的假设暗示了否定神学的观念；布瓦洛和邓萨尼勋爵是一组，那些故事包含迷宫的主题，将命运和迷宫的概念联系起来（想必博尔赫斯本人对此兴味盎然）。卡夫卡式的怀疑主义，他的有关无限小、不可抵达、存在的荒谬和残酷的玩笑等主题，在这三组例子中反映出来，可以说，它们都体现了卡夫卡的调性、卡夫卡特有的思维和风格。

博尔赫斯说，作家的劳作改变了我们对过去的看法，也必将改变我们对将来的看法。他的文章列举了卡夫卡的先驱者，讲了一个方面，没有讲到另一个方面，即后来者的创作是如何被改变的。关于这一点，我们把博尔赫斯本人的作品作为例子加入，是否会有说服力？

例如，《关于犹大的三种说法》《三十教派》《马可福音》等篇，其性质似可归入"当代资产阶级题材的宗教寓言"，即博尔赫斯所谓的克尔凯郭尔/卡夫卡的体系。此类宗教题材的创作中有卡夫卡的影响，这是毋庸置疑的；卡夫卡的"阴森的神话"刺激了博尔赫斯的灵感，让后者讲述那些残酷的神祇、复杂的迷宫、诡秘的人间命运的故事，而且是用一种更为玲珑精巧的语言讲述，即在世俗性层面嵌入形而上视角，在形而上层面描绘世俗性，而这两个层面是以颠覆的方式互相转换，造成形而上和世俗性之间的张力，此即所谓的"当代资产阶级题材的宗教寓言"。是否采用资产阶级题材倒是在其次，关键是思想和美学属于当代资产阶级文化氛围，或者说是属于这种文化的忧郁感和消极面。

博尔赫斯的小说便是在这个意义上延续了卡夫卡传统，它们不是通常所谓的宗教小说，也不是古代和中世纪神话的回光返照，毋宁说是当代怀疑主义和自我境况的写照；这种"阴森的神话"不会促进人的信仰，倒是以形而上的象征和自然主义的细节反映我们这个时代的混乱状况，具有新颖的艺术表现力。

可以说，《卡夫卡及其先驱者》一文表达了作者对卡夫卡的认识，也隐微地表达了卡夫卡之于博尔赫斯的意义。

不过，博尔赫斯讲的克尔凯郭尔（伪币制造者的故事）和勃朗宁（《疑虑》），其格调究竟是像卡夫卡还是更像博尔赫斯本人，仔细看还是值得商榷的。卡夫卡的作品中并无圣徒或上帝是罪犯的寓言，而在博尔赫斯小说中此类寓言则不乏其例。从后继者的立场看，博尔赫斯提炼的卡夫卡逻辑，正可反映他所谓的"不似"比"似"更有意义，这一点倒是耐人寻味的。

二

对卡夫卡的先驱者进行探究，博尔赫斯的做法并非首创。

本雅明作于1934年的文章《弗兰茨·卡夫卡：逝世十周年纪念》，开篇就在谈这个问题。他转述了一个出处不详的俄国故事，有关权臣波将金和下属官僚之间的一段逸事，讲得怪诞滑稽，不可思议。

文章指出，"这个故事像一个先驱，比卡夫卡的作品早问世二百年"；"笼罩着这个故事的谜就是卡夫卡"；"总理大臣的办公厅、文件柜和那些散发着霉气、杂乱不堪的、阴暗的房间，就是卡夫卡的世界"；"那个把一切都看得轻而易举、最后落得两手空空的急性子人苏瓦尔金，就是卡夫卡作品中的K"；"而那位置身于一间偏僻的、不准他人入内的房间里，处于似睡非睡的蒙眬状态的波将金，就是这样一些当权者的祖先：在卡夫卡笔下，他们是作为阁楼上的法官、城堡里的书记官出现的，他们尽管身居要职，但是却是些已经没落或者更确切地说是正在没落的人"，云云。卡夫卡的小说几乎成了波将金逸事的翻版。

波将金的故事没有底本，难做比较。从本雅明的转述来看，说它是"先例"也无可置疑。考虑到这则逸事的东欧背景（旧俄官僚世界），我们似乎能够窥见政治文化的亲缘关系之于两者的意义。本雅明讲的这个例子有启发性，对博尔赫斯的文章也是必要的补充。

本雅明的评论文章，方法和博尔赫斯的没有不同，都是运用一种机智的相面术，瞩目于对象的辞气、印记、姿态等，作综观考察，而其阐释则要深入得多，精彩的见解不少，论述的阻力不小，颇能体现本雅明的特色。这篇纪念卡夫卡逝世十周年的文章，还有另一篇题为《卡夫卡》的短文，观点都值得重视。读者感兴趣，可参看汉娜·阿伦特编辑的《启迪：本雅明文选》（张旭东、王斑译，生活·读书·新知三联书店2014年）。这里就不展开介绍了。

回到博尔赫斯的话题。

从文学史角度探讨卡夫卡和前辈作家的联系，看看是否还能有所发现。我们仿照博尔赫斯的做法，试着勾勒几处关联。

这里补充两部英语作品，狄更斯的《荒凉山庄》和班扬的《天路历程》。

狄更斯的《荒凉山庄》对卡夫卡的创作有影响，这一点英语研究文献中已有论述。狄更斯描写法庭和律师，其核心部分即英国古老的"大法官庭"（Chancery），已把《城堡》和《诉讼》的中心意象刻画出来了。狄更斯的漫画化的写实笔触——法官和律师的颟顸、诡辩、拖延，权力机构笼罩在迷雾和黑暗之中，等等——赋予"大法官庭"某种怪诞的寓言性，这一点和卡夫卡作品的关联是不言而喻的。说到《诉讼》等篇的"阴森的神话和荒诞制度"，有什么能比《荒凉山庄》的描写更具相似性的呢？

当然，这里要讲的不是这个问题。我们要讲的是书中的一个细节，即《诉讼》（章国锋译，商务印书馆2022年）第六章的一个插曲。

这一章讲的是K.的叔父带着K.去拜访一位熟悉的律师，律师卧病在床，家中只有一名女仆照料他；他们在黑咕隆咚的卧室里谈论K.的案子，律师盖着被子侃侃而谈，显示对这个案子的进展颇为知情，这让K.有点吃惊：躺在黑屋子里的律师怎么还会跟司法界有来往呢？

律师说："现在由于我病了，遇到了一些困难，但尽管这样，还是有不少在法院工作的朋友来看我，我可以从他们嘴里了解很多情况，也许比一些身体健康、成天待在法院里的人知道得还要多。比如，现在就有一位好朋友在这儿。"

律师说完便朝屋里一个黑暗的角落指了指。小说接着写道——

"在哪儿？"K.吃了一惊，有些唐突地问。他半信半疑地朝四周看了看。小蜡烛的光根本照不到对面的墙，那个黑暗的角落里的确隐隐约约有什么东西动了一下。叔父把蜡烛举过头，借着烛光，他们看到一位年事已高的先生坐在屋角的一张小桌旁。他大概连气也没有喘，以至待了那么久居然没被人发现。

《荒凉山庄》（黄邦杰、陈少衡、张自谋译，上海译文出版社2022年）第二十二章，讲法律文具店店主斯纳斯比先生去拜访图金霍恩先生，向后者密报情况；"快说完的时候，他忽然吓了一大跳，而且立刻把话打住——'哎呀，先生，我不知道这里还有一位客人！'"。小说接着写道——

斯纳斯比先生真的吃了一惊，因为他看见离他们桌子不远的地方，有一个人站在他和图金霍恩先生之间；这个人一手拿帽子，一手拿手杖，很注意地在听他说话。斯纳斯比先生记得，他进来的时候，没有看见这个人，而后来也没看见有人从门口或从哪一扇窗户进来。屋子里倒是有一个衣橱，但是他没有听见衣橱打开时铰链发出的那种叽嘎叽嘎的响声，也没有听见有人走路时踩着地板的声音。

这个细节和卡夫卡的细节有着相同的叙述原理：私密谈话中突然发现有陌生人在场，简直是神出鬼没，让人感到有点惊悚也有点滑稽。狄更斯喜欢在小说中加入侦探悬疑的气氛，而且擅长搞笑，卡夫卡把这一招学来了。

应该指出，这种滑稽惊悚的叙述在狄更斯小说中是局部的处理，而在卡夫卡的小说中则贯穿全篇，构成某种方法论的意义。《诉讼》运用狄更斯的滑稽惊悚叙述，至少有如下四处：K.参加法庭预审会议、K.拜访画家的寓所、K.和叔父拜访律师、K.在大教堂被神父点名，而这四个情节都是小说的关键。卡夫卡把狄更斯的玩笑提炼为一种怪诞的梦态叙述，使之寓言化和风格化，这是其方法论的意义。

《诉讼》中还有其他一些细节是从《荒凉山庄》中移植而来的，像"楼梯和孩子"的场景描写等，如出一辙。卡夫卡对狄更斯的模仿应该比我们想象的还要频繁而深入。

三

班扬的《天路历程》和卡夫卡作品的关联不大有人讲起，其实也值得一说。

《诉讼》第九章中，神父对 K.讲了一个故事，讲一个乡下人终其一生都进不了法的大门。这个故事也被作者拿出来用作单篇微型小说，题为《在法的门前》，是读者比较熟悉的一篇作品。此处可以斗胆断言，《在法的门前》中给乡下人准备的那扇门，是从《天路历程》中挪移过来的。

《天路历程》（西海译，上海译文出版社 2020 年）中译本第三十二页，宣道师指点"基督徒"走正道，有这样一个细节——

于是宣道师对他说，你的罪很重，就因为你有罪，所以你做了两件坏事：你舍弃那条好路而走上被禁止走的路；不过在小门那边的人还是会接待你的。

第三十四页上写道：

基督徒说：宣道师教我到这儿来敲门，我就真的照办了；他还说，你，先生，会告诉我该怎么办。

好心说：门是向你开着的，谁也不能把它关起来。

《在法的门前》的结尾，乡下人对看门人提出疑问——

"所有人都想到达法，"乡下人说，"但这么多年，除了我之外，却没有一个人求见法，这是为什么呢？"

看门人回答说："谁也不能得到走进这道门的允许，因为这道门是专为你而开的。现在我要去把它关上了。"

我们看到，一扇门是永远开着的，一扇门是开着但最终要关上，两者性质自然是不同。但仔细体会也有共同点，即它们都是为主人公"专设"的门。所谓"专设"也就意味着不同寻常，包含某种特别的许可，也带有不能违抗的禁令色彩。

《天路历程》中的"基督徒"被告知，必须通过一道专设的小门，不从小门进入是不允许的，从其他途径进去，例如，翻墙进去，就是不合法的。而且，那道门并非对所有人都敞开，那些无知的人，意志薄弱的人，就没有资格进入。这就把特设的"许可"和"禁令"讲得很清楚了。

《在法的门前》中的"乡下人"被告知，这扇门专为他而设，而他既然是死到临头了，也就没必要进去了，因此要把门给关上。换句话说，他本来也许是可以进去的，只是他不知道而已。他只觉得纳闷，为什么别人都不来，只有他一个人等在门口。殊不知这道门是专为他而设的，而"专设"的意义却变得荒谬；"乡下人"在徒劳的等待中耗尽了一生。这真是一个荒谬而残酷的寓言。

有关"门"的寓言，那种郑重其事、神秘莫测、带有焦虑的语气，把卡夫卡和班扬的创作联系起来。不妨假设，卡夫卡曾瞩目于班扬的寓言，并且把《天路历程》中那扇门挪移到他的作品里。他对"门"的思考是基于班扬的描绘：门内和门外、许可和禁令、接纳和拒绝等；这种二元区分是神秘而露骨的，把"门"的阈限性及其空间的象征性标记了出来。《在法的门前》塑造的正是这样一个阈限性的空间；它把前景和背景的神秘关联有效地突显出来。

"门是专设的"这个概念很重要。缺少这个概念，卡夫卡和班扬的联系恐怕就不会那么别有意味了。"门"代表空间的内外之分，这只是普通的象征。"专设"则给空间的象征性涂上一层威权的玄秘色彩。

要言之，此处描述了一个针对个体的超验性存在，个体无权认识这个超验的存在，至多是通过其代理人接受指令，而代理人只是指令的传达者，代表着真理体系的最低等级，把守着神秘的入口，对个体拥有权力，而个体则处于被动状态，只能是被告知，被拣选，被注入焦虑的情绪，个体正是以这样的方式和一种抽象的绝对指令打交道，这便是"专设"一词的附加意义。

卡夫卡的两部长篇小说，《城堡》《诉讼》，均包含如上所述的寓意，即关于威权和个体的存在论意义的诠释。就此而言，《在法的门前》这篇千字文具有发轫之作的性质。

它有形而上的象征，有自然主义的细节；也许称得上是卡夫卡的"阴森的神话"的一块基石，需要给予特别的重视。

应该指出，卡夫卡对"专设"一词的演绎，显示某种荒谬、残酷的玩笑意味，因而流露存在主义的基调，而在班扬的作品中并无此种意味。《天路历程》是纯粹的基督教作品，讲的是选民、天启、罪孽等概念，"专设"一词的象征性是在传达这些概念。存在主义的描述和基督教的描述有着不同的取向，两者不可混为一谈。

此外，"门的寓言"在班扬的书中只是朝圣者亲历的诸多寓言中的一个，似无特别的意义要让人单独予以重视。是卡夫卡的作品让我们回顾这则寓言，让我们偏离阅读的重心，对它刮目相看。用博尔赫斯的话说，卡夫卡让我们产生了这种偏离，让我们认识到其中的相似，或者说是"不似之似"，让我们看到班扬的作品是如何预示了卡夫卡的逻辑。

（2023 年）

193

附　录

《20世纪欧美经典小说》：献给普通读者的礼物

近期，许志强教授在看理想开设节目《20世纪欧美经典小说》，用一百期音频节目畅谈卡夫卡、乔伊斯、普鲁斯特、马尔克斯、奈保尔等20世纪大师经典，一经推出就令人惊喜，听众朋友评论其"精微，生动，最享受的文学课"。节目中，许老师倡导并践行了一种阅读观念的改变——反拨文化批评和意义总结式的文学研究倾向，以走进作品、回到细节的方式，接近20世纪新的美学和想象力，完成一次次智识冒险，令人印象深刻。基于此，我们请许老师做了这期访谈，一起聊聊关于该档节目和文学阅读的话题。

周艾原（以下简称周）：许老师，您好！非常荣幸能够担任本次访谈的采访者，首先祝贺您的新书《部分诗学与普通读者》被单向街书店授予"年度批评家奖"。

许志强（以下简称许）：谢谢。也再次感谢单向街书店授予这个奖项。

周：说到这部著作，令我印象深刻的是，许老师的文学评论重在判断作品的"属性和尺度"，而论述是以一种类似明暗和光影对照的方式展开的，因此这种论断十分精微，用雕刻的手法将我们在作品中模模糊糊感受到的东西挖掘出来。这是您有意追求的写法吗？

许：谢谢。这个看法很有意思。"属性和尺度"确实是我所关注的。至于说写作手法，我应该是常规的文学评论的写法，不是罗兰·巴特的那种。

你总结的明暗对照法，我没有想到过。也许真是这样的。你的说法很有意思。

周：虽然书名中有"普通读者"，此书却是一本专业性很强的学术著作。那么，"普通读者"的概念是如何诠释您的批评观和批评视角的？

许： "普通读者"这个概念，我是用来反拨文学评论的过度理论化的倾向。"普通读者"在我的定义中就是文学读者，是正常的文学读者，是喜欢文学的读者，不是那些自命为"专家"的人。

周： 近期许老师还在"看理想"推出了音频节目《20世纪欧美经典小说》，与专业性的文学评论相比，风格和特点都大有不同。

许： 是的。对小说的形态和细节的刻画大大增多了。跟我平时讲课、做讲座不太一样。

周： 大纲的分类非常有特色，应该是您教学的结晶？

许： 单元分类包含我多年研究的一些思考和总结。我的学生从来没有见过这份大纲。他们在课堂上只听到过小部分内容。

周： 是否觉得做节目会限制您的学养和兴趣的发挥？

许： 刚开始是有这个顾虑。做节目的限制比较大，每一集的容量有限，不能讲得太复杂。不过，也有意料不到的收获。

如何把一个作品讲好，把它的文学特色讲出来，这需要尝试。

讲述是一种呵护，是一种触及本质的方式。我现在觉得，这是一种更合理的方式。学院派重视分析和解读，我的节目是试图还原，不抽离表象和血肉。也许只有通过节目才能这么做，我觉得这是一种更好的途径，去触及文学的本质。总之，做得很有兴趣。

周：在节目中，您面向的"普通读者"又是哪一类群体？

许：这是我献给"普通读者"的礼物，针对所有的阅读群体。我希望专业和非专业的读者都能来听。

对我讲的内容不太熟悉的听众，希望他们听了之后能够知道这些作家作品，能够产生兴趣。对原本有基础的听众，欧美小说爱好者，包括有志于创作的青年，希望他们听了有启发。专业研究者或许更能够从我的分类和讲解的视角中有所收益。不管是哪个类型的听众，希望都能够有所获得。

我觉得做这档节目才真的是在实践"普通读者"这个

理念了。我觉得讲述是一种更让我舒服的方式，比较谦逊自然。

周：节目从最初的构思到最终的呈现，这个过程中您的讲述方式和想法是否经历了转变？

许：是的，有转变，变来变去变了好多次。听发刊词和第一单元，我都觉得这不像是我本人的风格，不是我写文章的风格。

最初撰写的发刊词像一篇精练的文章，点到即止，字里行间寄托言外之意，这是写作的风格，不是讲述的风格。节目组提出了不同的要求。这就需要磨合。

我记得发刊词就有三四个定稿本。第一单元的《都柏林人》《小城畸人》等都是反复磨合的产品，按照音频节目的特点来创作。

音频节目对节奏的流畅度和轮廓的清晰度都有要求，我得重新学习，改变工作方式。节目组和责编对我帮助很大。还以为做节目和学校里讲课一样，我这个老教师分分钟就可以搞定的，哪里知道初期磨合会是那么艰难。

周：《20世纪欧美经典小说》共有一百集节目，讲授四十多部作品，可以说是一项浩大的工程。从第一单元"小舞台和大世界"来看吧，《都柏林人》灰暗的调子、《小城畸人》中的"畸人"形象都非常地"20世纪"，与此相比，《大地的成长》《啊！拓荒者》虽说体现了现代性的主题，写法却相对传统，突破的尺度也没那么大。那么，在作家和作品的选择上您是怎样考虑的，为什么选择这些作品来分享呢？

许：你是用心听了节目的，问题切中要害。确实，《大地的成长》《啊！拓荒者》写法比较传统，乍一看好像有些不协调，这一点我在做大纲时也意识到了。

这份大纲总体上是偏向于现代派文学，我把后现代文学也算在里边。20世纪文学毫无疑问是以实验性手法为主导，我在发刊词里专门有概述。不过，20世纪文学还有其他手法的创作，包括传统现实主义。我觉得现实主义也应该讲一点，不同的主题和题材的创作都应该有所反映。

任何一份大纲都难免有所遗漏，讲到这一点我就感到苦恼，因为很多作家作品应该讲，但还是放不进来，篇幅也不允许，一百集只能讲那么一些作家。我不是对听众而是对那些遗漏的作家作品感到内疚。

周：那么有哪些作家是您没能放在节目中，也同样想推荐给读者阅读的？

　　许：有很多。如果目前这份节目大纲只保留七八个作家，其余的统统换掉，阵容也一样强大。

　　这么说并不夸张。记得节目快上线之前，我把大纲中的四个作品替换了，它们是穆齐尔的《没有个性的人》、塞利纳的《从城堡到另一座城堡》、帕维奇的《哈扎尔辞典》、鲁尔福的《佩德罗·巴拉莫》。还是蛮遗憾的。经过反复考虑，觉得不太适合。

　　周：目前节目更新到了第二单元"成长的烦恼"。作为忠实的听众和粉丝，我认为许老师的节目总是能够打动人的一个重要原因，是在于您总能把听众带到一种"精神氛围"中。比如讲《都柏林人》时您说"幻灭是对人生真相的一种揭示"，讲《米格尔街》时说"喜剧也意味着在无价值的卑微穷困的地方创造和发明生活"，讲《百年孤独》时，您说那些细节写了"孤独的恐惧、迷乱和寂静无边的深度"等等。类似的具有精神穿透力的语言非常多。将这种洞见同精巧的结构结合在一起，保护和培育着读者的好奇心和阅读感受，同时在理解和智识上对人有所启迪。多年来，您是凭什么做到的，或者说是造就这一点的？

许： 我想就是开放。是通过开放逐步到达的。

文学是主观的东西，只要阅读就会产生判断，难免会有武断和偏见。但我觉得评论家应该尽可能消除偏见。我所谓的开放，就是要给自己暂时做不到的"判断"留出余地，而不要满足于批评的快感。

我想评论家应该是一个特殊的物种，能够和各种各样的创作个性产生化学反应。每个作品都是不一样的，如果你认真对待，把它们的独特性体会出来，那自然就会产生"精神氛围"。

阅读和吃饭一样，应该是人人都会的，但实际上恐怕并非如此。文学阅读是一种需要磨炼的技艺。

周： 那么在您看来我们应该如何来磨炼阅读能力呢？

许： 我们应该和作品中的人物同呼吸共命运，我们要学会用心体察作家的创作意图，对语言和修辞保持敏感。

看一本书，能够理解到什么程度，当然是跟认知和阅历有关。例如，《百年孤独》，十几岁时读和三十几岁时读，肯定是不一样的，因为知识和阅历有差异。但文学体验是有其特殊性的，并不等于通常说的经验和认知。

文学需要一种特别的投入和专注，需要想象的位移，需要心灵的力量，而且它跟荷尔蒙一样，并不是随着年龄的增长就能增长的，跟学位和职称也不是正比关系，很大程度上它是跟幻想、脆弱感、良知和狂热有关。如果体验的能力下降，心灵不再纯真，那么知识再多恐怕也是没有用的。

周：您说阅读和吃饭一样，人人都会，但实际上好像并非如此。那么，这是否意味着阅读是一种需要被教会的技艺？

许：是的，确实是需要一点引导。

陀思妥耶夫斯基的《地下室手记》，读了第一句没有笑出来，那就说明没有领会作品的调性。它有点像我们的海派清口，是一种带有表演性质的独白，很逗趣，这个特点通常被忽视了。有一次我讲课时朗读了第一页，有脸部表情，同学们都笑了。陀氏幽默是这个作品的重要元素，而评论家几乎没把它当回事。

这样的情况比比皆是。这些天节目在播放《大莫纳》，多年来和不同的朋友交流，我的体会是能够领略其妙处的人好像并不多。这部作品的叙述是很精巧的，每个句子都需要品尝。我们读小说应该从作家设置的一个个很小的切口进入，要善于领会句子的色彩、弹性和调性。

周：也就是说，要养成细读的习惯，从而磨炼阅读技艺？

许：我认为是整个阅读观念都需要改变。

问题不在于细读或粗读，问题在于我们好像不是在"看"小说，而是在"思考"小说，在思考着小说中能够被大块总结的东西，好像事先就确立了有用、无用的原则，凡是不能被转化为意义的东西就是没用的，就是次一级的存在。这是一种意义焦虑症吗？

批评家患有这种病症，有职业病，那么普通读者为什么也要这样呢？是否我们的文学教育出了问题，把正常的阅读败坏了？

我们其实不知道究竟是用脚在读小说还是用脖子在读小说。我的意思是说，我们经常说不清楚感动的缘由，但评论家说起来总是说得那么合理那么头头是道。我自己就经常犯这种毛病，从一开始就信心十足地告诉大家这篇作品好在哪里。我觉得文学评论应该开辟联想和幻想的空间，而非只是释义的空间。

周：老师您说的意义焦虑症，确实是我们专业学生中特别流行的一个毛病吧，也可以说是一种论文焦虑症。不过，听您的节目，感觉您还是比较重视意义的延伸、提示和总结的。

许：是的，我会照顾听众朋友，在讲述过程中会设计一些意义的抓手，让人能够放心。人们需要总结，需要意义的抓手。不是说这个就一定不重要。我希望读者多重视些体验，要去感觉作品。

感觉是第一位的，它不能只是被当作理性思辨的基础和材料。感觉必须反复回到作品，回到具体细节，这是一个渗透和缠绕的行为。

把感觉去掉了或是干枯化，那文学还剩下些什么呢？文学不是社科，但事实上很多人都把它当作是社科研究的对象，把两者简单等同起来。我想说，这是不对的。

周：您提到"反复回到作品，回到具体细节，这是一个渗透和缠绕的行为"，这一点我在听节目的过程中也深有体会。大概从《大地的成长》的第一集开始，与此前相比，您对听众的明确提示变少了，启发性的引导增多了，您开始引导听众从细节处"亲力亲为"，感受作家的意图。包括《百年孤独》第二集、第三集，味道开始不一样了，您对结论进行"松绑"，尤其是您对奥雷良诺上校这个人物的讲述，特别强化细节和人物的描述和感受。

许：《百年孤独》的第二、三集味道不一样，这个感觉是对的。因为写作时间不一样。

《百年孤独》原先做了三集，早就写完、录音，交给责编后期制作了，但是在节目即将播出之前我的想法变了，便对责编说，对不起，三集我想增加到四集，除了第一集不变，后面二、三、四集全都要重做。听众朋友听到的第一集是以前制作的，后面几集是最近制作的，味道肯定是不一样的。

节目的做法总体不会变，但制作过程中会有调整，从家族小说开始我试着增加一点浓度和密度，这是在做《都柏林人》《小城畸人》那个阶段不敢做的。

听众朋友中有不少人蛮专业，评论区留言让我意识到不能把节目限制在一个容易消化的层级上，其实可以表达得更充分一些。

说起奥雷良诺上校，这里想补充节目中没有讲的一点，《百年孤独》的成功也有赖于人物形象的塑造。同时期拉美做文学实验的作家有很多，包括科塔萨尔、因凡特、巴尔加斯·略萨、莱萨马·利马等等，他们都很棒，但可能没有像马尔克斯那样塑造出如此让人难忘的人物。

周：做节目期间，您是否也重读了这些作品或其中的关键片段？这次阅读是否产生了与此前不同的新感受和新思考呢？能否提前向我们剧透和分享一些？

许：是的，要重读的。

也有例外。个别作品我有点太自信了，觉得不读也照样能讲，比如《都柏林人》中的一个短篇《一朵浮云》。结果出了点差错。听众朋友听了节目去看作品，找来找去都找不到主人公回家打婴儿屁股的细节，怀疑是译本不一样。我看到评论区留言，便去核对，原文确实没有这个细节，是我讲述有误。

这是一个教训，不能想当然。这两天在修改《一个青年艺术家的肖像》的录音文字稿，重读这部小说，有了新的感受和评价，我好像比以前更喜欢这个作品了。我发现，它有着乔伊斯作品的种种特点和优点，但独具一种倔强和稚气的美，重读让我欣赏到这个特点。于是重写了其中一集，过段时间就能和大家分享了。

周：节目更新期间，我注意到评论区留言也十分活跃，其中不乏精练的"课代表"们，有每次必签到打卡的铁粉，还有善于联想和发挥的抒情家……能否谈一谈，有没有您印象深刻的评论呢？您如何看待听众朋友们对节目的反馈？

许：看到这些留言我很有兴趣。谢谢大家捧场，有些只是简单的一句问候，一句感言，对我都是宝贵的。我希望听众朋友去评论区留言，互动是一种交流，对我的工作有帮助。

印象深刻的评论有不少，让我觉得大家都是用心在听的，这也给了我做节目的动力。

周：评论区有不止一个听众朋友留言说，听了您讲的《百年孤独》，简直要怀疑自己以前读的是不是同一部小说。您给大家提供了新的解读和视角，这一点让人非常感兴趣。

许：说实在的，我并不是想要提供一种新的解读。我只是在有选择地还原作品的风貌。我讲的是作品里原本就有的东西。

周：也就是说，您坚持苏珊·桑塔格的"反对阐释"的立场？

许：我不反对阐释。我自己就是搞阐释的。我反对的是我们谈论张三，结果像是在谈论李四，弄了半天其实是在谈论王五。诗人艾略特说，每一部文学作品都有一个不可移易的本质。我赞同这句话。我们要做的应该是尽可能和这个本质有所亲近。

周：有听众朋友说，他们是在洗碗刷锅做饭的时候听节目的，而您的节目对听众的专注度有要求。您对此怎么看？

许：据我所知，不少听众是在开车的时候听的，上下班开车的路上。什么时候听不重要，重要的是听了一遍是否还想再听。希望大家能够多听上几遍。

周：节目中入选的作品，像《都柏林人》《米格尔街》《百年孤独》，都是很受欢迎的经典，也有一些作品听众朋友没有读过，往往是听了一期就种草一部作品。跟着节目更新的节奏阅读，密度比较大，不知道老师在这方面有什么建议？

许：是的，是这样的，我讲的大部分都是长篇小说，如果每一个作品都要去读，确实让人有点跟不上。

节目所提供的是一个比较长远的阅读规划，我觉得不一定现在紧跟着读。音频节目的功能就是要给大家提供一个暂时不读作品、只听节目就能有收获的学习渠道。我的讲述也是根据这一点来设计的。

周：节目是相对独立的，不预习也能够听，对吧？

许：没错，是相对独立的。

有人认为，我的节目的价值是给大家提供了一份书目。我觉得我给的书目和其他版本的现代欧美经典小说书目没什么不同。我的特色应该是讲解和讲述。

也许我是发明了一种新的文学形式，用一个声音演绎的音频剧。长篇系列观念剧。这个声音是有设计的，希望做到内涵丰富而有表达力。现在我越来越喜欢用这种形式去讲授文学。一个孤零零地在电波中流动的声音——"听众朋友们，你们好……"

以前我就想过，应该用说书的形式去讲述作品。记得福柯说过一段话，原话我记不清了，大意是说，文学评论应该少一些评论，多一些意境和美感。

周：如果您撇开学者和评论家的身份，身为一名普通读者，从文学的本能和体验出发，您最喜欢的作家是哪一位？

许：阿兰-傅尼埃。我在节目中已经表达了我的喜爱。他写的是那种小作品。他是很美妙的。他非常机智、精巧、有趣，这样的作品（《大莫纳》）不会再有了。

周：我还以为您会说乔伊斯呢。您的节目给了乔伊斯最大的篇幅，讲他的三部作品，可以说是偏爱之情溢于言表。

许：我当然最喜欢乔伊斯。我也喜欢普鲁斯特、卡夫卡、布尔加科夫、福克纳等，真要说起来就很多了。喜欢一般都是阶段性的，这个阶段最爱这个，那个阶段最爱那个。我发现历史性和社会性的因素往往就是喜欢一个作家的首要条件。比如说，《大莫纳》和我童年时的小镇生活体验有关，那种尚未市场化、电器化的童年意识形态。乔伊斯的作品也包含我的社会生活经验。

周：您是指您的成长经验？

许：是的。我觉得乔伊斯笔下的爱尔兰和我们20世纪80年代的中国比较像，灰扑扑、冷清清的，年轻人兜里没钱，闲着没事干，爱串门嚼舌头，喝酒吹牛。《尤利西斯》第十四章"太阳神牛"，写产科医院那一章，80年代中国的文学青年读起来一定是心领神会，那股子无聊劲哟，穷开心，成群结队，插科打诨，并不是只有爱尔兰才有的呀。我觉得《尤利西斯》中的壮鹿马利根，我像是见过的，一起吃过饭。乔伊斯写得真实又发噱。今天的年轻人恐怕不大有那种共鸣了吧。

周：今天的年轻人比较卷。

许：也普遍比较早熟。但是文化基础比我们那一代人好。

周：您是否想过这个节目会吸引年轻人？

许：我的目标听众是我的学生。我觉得年轻人应该会来听的。节目播出后才知道，不同年龄的听众都有，而且是社会上工作的居多。

周：发刊词中您的观点激起了听众朋友的共鸣，"小说不是用来研究的，小说是用来感化和享受的，是用来体验和沉浸的"，但研究一定就意味着排斥体验和享受吗？

许：南京大学有一位搞比较文学的老师写了一篇文章，说他去美国访学，想好好听一下有关麦尔维尔和福克纳的课程，结果发现英语系都没有这种课程了，他们讲的都是文化研究、文化批评。

文化研究并不是没有必要，但我觉得是弄过了头。我想反一反潮流，至少要表明自己的立场。

我推荐你去看一部美剧《英语系主任》，据说现状就是这部剧反映的那样，传统的文学研究好像都没有立足之地了。

周：发刊词中您提出"三力主义"，即想象力、观察力和感受力。我有这样一个体验，在公司，在大学，这个世界是属于图表的，是属于PPT的，属于各式各样的分析模型的。处在一个英美科技主义统摄的时代，文学不像19世纪那样占据文化中心，似乎越来越偏向于一种个人的内心体验了，那么在当下，文学艺术和"三力主义"还能够带给我们什么？

许：问题提得好。对学术研究来说模型分析是必要的。你说我的文章是在做"属性和尺度"的判断，这就有模型分析的意义在里边。

但我们也知道，文学并不完全落在知识论的范畴中。我认为文学从来都不是一种合理化的东西，它源于人的直觉、梦幻、欲望等内在要求，它是有破坏性的，它拒绝分类和自我稳定，它追求生命的整体性而非逻辑的系统性。

现代派文学，我觉得它好就好在有这种内在的力量和攻击性。

周：是否现代派文学给人的升华力量会少一些？

许：有人认为文学是一种净化，是精神的升华，这是对的。

但我认为文学也是一种破坏，它是有破坏力的，拒绝陈规，拒绝乏味和平庸，拒绝主流价值观的同化。

如果说文学是活的，那么文学正如一切活物一样也是不可救药的，也就是说，是要伴随着死亡和自我毁灭的。我觉得贝克特的作品凸显这种倾向。而19世纪作家，比如说雨果，代表另一种倾向。

贝克特和雨果的区别是在于，雨果追求永生，贝克特关注死亡和残缺。活着是一个残缺现象。凡是活物都是不可救药的。那么，从这个角度来理解，文学的活力是和离心力、边缘性、自我放逐有关。

那么，是否处在中心地位有那么重要吗？在边缘地带活动不是也挺好的吗？自言自语不是也挺好的吗？

周：那么"三力主义"是一种平衡科技文化影响的必要手段吗？

许：我认为"三力主义"是人生的必要修养。不仅仅是文学专业的人需要想象力、观察力和感受力，任何人都需要。

今天的文化生活是碎片化的，或许也可以说是越来越扁平化的，越来越受制于技术垄断论的语言，因此恐怕越来越需要从想象和情绪的维度来勘查存在，不是从科学主义而是从有机体验的立场来探究和亲近存在，包括自我的存在，他者的存在，物体的存在，等等。

这其实是一种现象学的观点，一种海德格尔式的观点。我们都能意识到科技文化对精神生活的威胁，但也正是在这个威胁中我们才深刻意识到文学文化的价值，包括所谓的"三力主义"。

周：您在课堂和节目中讲的都是20世纪及20世纪以前的作家，就您个人而言，在成长过程中，有什么同时代的人也同样给您带来过启迪和教益吗？

许：北岛、顾城他们的"朦胧诗"是我的成长教育。崔健的音乐创作对我影响很大。

周：北岛好像是你们这一代人共同的偶像？
许：北岛不是偶像，他是我们的上帝。

周：哈哈，顾城也是吗？
许：顾城不是。顾城的作品读得相对少一些。倒是近些年读了不少。我越来越喜欢他的作品。

周：多多的诗歌非常好，对你们也应该有影响吧？
许：我们是外省的大学生，那个年代，自费油印诗集的年代，我好像没怎么见过多多的诗作。是的，他的诗非常好！我是近年来通过微信公号的推文，才大量读他的作品的。

周： 那么崔健呢？

许： 崔健和我是一代人。他的特点是挚朴、新奇、考究。他的创作很考究。他的音乐给了我很大的享受。记得第一次听专辑《新长征路上的摇滚》，很大的一个震撼是制作的精益求精，这种音乐是在很精细的反思的空间里做出来的，是在语言反复拆解的基础上驱动的。崔健的音乐是很好的艺术教育，求新求真，精益求精。

对了，崔健最近做了一场线上演唱会，你听了吗？

周： 听了，很棒！

许： 蛮轰动的。英国一个做音乐的朋友说，看了节目很惊讶，这帮人技术这么精、状态这么好！

是的，崔健展示了艺术文化之于这个时代的意义。甭管我们生活在什么环境中，我们都应该尽可能自由地去表达和生活。

周： 最后，让我们来假设一个真实的情景吧，如果一个热心听众独自隔离在家十四天，希望您做一期番外节目给他，您会讲哪部作品？为什么呢？

许：番外？番内都有点吃不消了啊。评论区不断有听众朋友要求番外，我想只能等节目做完再说了。一百集已经够长了。你说要专门做一集，那是否可以在即将播出的节目中挑一集呢？

这档节目好像是适合隔离时期来收听的。我和责编讲过，我做节目有两个意义，一是传播文学知识，把我这几十年的积累和广大听众朋友分享，我能够感受到做这件事情的意义，再一个就是我退休之后不上课了，我想给今后入学的孩子们留下点东西，他们可以通过这档节目来了解应该要了解的文学作品。

现在，我觉得还有第三个意义，那就是在这非常时期，我希望这个节目能够给大家带去慰藉，我要在节目中和大家一起渡过难关。

采访单位：看理想

采访人：周艾原

采访时间：2022年5月

《木心遗稿》与"后制品"写作

不久前，读到学者许志强新书《部分诗学与普通读者》，十分惊艳。这是一本外国文学评论集，谈维特根斯坦、博尔赫斯、布罗茨基、奈保尔、波拉尼奥……精准深刻，从容不迫，还有一股罕见的因身手矫健而来的轻盈俏皮。豆瓣上有个自称"时刻想着逃课的学渣"称："晚上睡不着就去微信找许老师的文章看，真是享受。听他的讲座很享受，看他的文章很享受，他说的每一句话都很享受。"让我开心的是，这样一位卓有才华的外国文学学者，却在一个点上和我有交集：我们都是木心作品的爱好者。今年初，《木心遗稿》引人注目地出版了，于是对他做一访谈，请他谈谈我关心的几个新话题。

郑松（以下简称郑）：最近三卷本《木心遗稿》出版了。您是木心最深入的研究者之一，参之于他已经出版的作品。对这些遗稿，您有什么感受？

许志强（以下简称许）：《木心遗稿》很好看，我反复读。寒假在外地过年，就带着这套书。遗稿对我认识他的写作是有助益的。比如说，他强调他是"最后一个田园诗人"。这个说法值得玩味。以前并没有注意到，没有想过这个问题。

我以为已经了解得比较多了，但显然还没有。木心是死后仍在生长的作家。对我来说，他的意义还在持续发生。

郑：您觉得他的这种意义是明确的、有一个整体基调的吗？

许：是的。通常谈木心，谈风格谈得比较多。但风格和精神主题不能分开来看。

《木心遗稿》的主题就是艺术、哲学、自我教育、文化批判等，其中贯穿的是对人生意义的思考。

郑：您是系统地阅读这些遗稿的吗？

许：实际上，我是零零碎碎地在读，闲逛式地，不按照顺序，看到特别感兴趣的地方就停留。

当然也会有争论，虽然是单方面的。例如，读《文学回忆录》时我就觉察到他并不认同李贺，这次从遗稿中评论杜牧的段落得到了证实。

郑：作为一种明确的基调，作为一种整体的木心语言，您是否对此有具体的定义呢？

许：嗯，这个我要想一想。

我给三卷本遗稿取了个题目，叫作《废墟巡礼》。木心不大谈乔伊斯，好像不是很接受他的风格和写法。晚期的木心越来越让我想起乔伊斯，他们都是废墟凝视者。在他们眼里，世界保持日常形态、视觉表象和景观的鲜活的魅力，但世界的架构倒塌了，不再有进化、目的论这种传统架构，也就是说，眼前是文化废墟，而作家就是在废墟上巡视的人。不仅是遗稿，我觉得木心晚期作品都给我这个印象。

郑：那您是否觉得他们都是很注重自我的作家？也就是说最终把自我当成了本体？

许：是的，是这样的。他是纳喀索斯主义……

郑：《木心遗稿》和他以前的随笔、杂谈一样谈到很多欧美作家，您是否认为这是在展示他的文学谱系？

许：他的写作有这个特点。总是和一批已故的作家生活在一起，不仅是欧美的，也包括中国古典、中国现代的作家。

郑：这是否可以解释您说的"废墟"那个意思？他在精神上因此便要去求助以往的价值支撑？

许：我想应该会有这样一层关联。不过，木心的这种亡灵召唤还有其他的动机，不只是出于对文化沉沦的不满。他有着我认为是很重要的、我们通常会忽视的一些关注。他有些主题在我读到的木心评论中是被忽略的，这样的话，我们对他的定位就不会很得当。

郑：能否展开说一下？

许：比如说，天才论。这是他价值观的核心。我不知道读者是否注意到一个有趣的现象，木心一直揪住兰波不放，他专门写了兰波的纪念文章，随笔中也谈到他，遗稿中又谈到他，反反复复在谈。

如果我们不能体会这种谈论的潜台词，那就很难真正了解木心。诗人是世俗之人，诗人听到别人获奖了，出新书了，一定会和常人一样有羡慕嫉妒恨的，不可能是超脱的，但真正的诗人在乎的一定不是这个，而是在乎精神现象和精神等级，他终其一生的关注和牵挂就是他所处的星空中的其他星座的意义。

郑：这就是说，他时时刻刻都把他们当参照系？

许：对。不了解这一点，我们就读不懂他的潜台词。遗稿中有一段他自称"人瑞"，语带诙谐，值得玩味。这里面有自嘲，这种自嘲甚至很尖刻，哪有天才活过八十岁的，兰波、马雅可夫斯基、叶赛宁成为"人瑞"岂非讽刺？

木心的天才观根深蒂固是源于浪漫主义和象征主义，有着坚固的个体信念和青春崇拜。也许他从人瑞歌德那里偶尔找到调剂和安慰。

这一套在美国早就不吃香了，所以我觉得他在美国不会舒服。读遗稿时我会猜测，木心对玛莎·努斯鲍姆、罗尔斯、桑德尔他们的文章会有兴趣吗？我觉得他兴趣不大。他的精神是欧陆式的，是植根于尼采、纪德这一脉。

杨溪（以下简称杨）：关于木心作品的评价分歧很大。您如何评价？

许：木心是杰出的语言艺术家。我认为他是继承了周氏兄弟的传统，把文言文、欧式的句法修辞、口语和方言等熔为一炉，在象征主义和个人的诗学观之间找到一个熔铸点，意义不同寻常。

陈村说木心的作品广博、优美、深刻，陈村这个评价能够概括其文学价值。记得有一次看电视，好像是乌镇音乐节，一行人在台上讲木心，古典音乐评论家刘雪枫老师的一席话给我留下了深刻印象，谈"文学基督"的意义，刘老师谈得好。大家可以去找来看，我认同他的评价和说法。

杨：木心的作品在国内陆续出版后，很受追捧，也一直争议不断。您认为这些争议说明了什么？

许：关于争议和负面评价，其实也正常，乔伊斯早有定评，不是照样有人不接受吗？斯洛文尼亚的批评大家齐泽克，说起乔伊斯就很不以为然。趣味之争、定位之争，正面评价也好，负面评价也好，说明对木心作品的接受还处在一个初级阶段，远远没有定型。

我希望大家能仔细阅读一下作品，不要一棍子打死，因为这么做其实是不尊重自己。有人把木心和董桥归为一类，有人认为木心的语言很琐碎，还有人说木心的作品"冷漠，没有人味"等等，他们都是在谈自己的观感，未必就是出于恶意，但这种评论有质量吗？如果我们连基本的判断力都还不具备，那需要提高的正是我们自己。

杨：据陈丹青老师说，您对木心的诗颇有研究，可否请您为我们稍作指点，木心的诗好在哪里？

许：谈不上研究，只是一点观感。我给你看一首手机里收藏的短诗吧。题目叫《脚》，如下：

  别支撑，莫着力

  全身覆熨在我胴体上

  任我歆享你的重量，净重

  你的津液微甘而莐馨

腋丝间燠热的启示录

胸之沟，无为而隆起的乳粒

纤薄的腰腹却是遒劲之源泉

再下是丰草长林幽森迷路了

世俗最不济的想象是美人鱼

那是愚劣的，怎可弃捐双腿

我伏在你大股上，欲海的肉筏呀

小腿鼓鼓然的弹动是一包爱

脚掌和十趾是十二种挑逗

最使我抚吻不舍的是你的脚

　　多么伟大的情色诗！还有另一首相同类型的长一点的诗，叫《旗语》，非常精粹非常铺张。从木心的诗歌中，我们看到了屡遭破坏的汉语是如何神奇地复活的。

　　这种诗是很难翻译的。词语（雅言或口语、外来语）的活用，词语的神经末梢，难以从汉语有机体上剥离开来。它高度体现汉语魅力。

　　"腋丝间燠热的启示录""无为而隆起的乳粒"，真精彩！真是亏他想得出来。他的诗歌将自然的感受性和典故的精巧化用结合起来，别开生面，令人叹服。

这种诗句的委婉而直白的力量，与其说是来自情色的渲染，不如说是源于语言的调性。我请大家公正评价一下这种汉语白话诗或自由诗的价值。

杨：木心体现了文学传统和文学审美的意义，这和我们今天的时代是一种怎样的关系？

许：读一下《文学回忆录》大概会有所了解。我建议再去读一读他的散文《此岸的克利斯朵夫》。这篇长文写了他那一代艺术青年的心路历程，把个人和时代、个人和文化潮流之间的关系写了出来。文章还阐述了时代错位的问题，很发人深省。今天的时代恐怕仍然是错位的。如何处理这种关系，我想诗人和艺术家是可以教教大家的。

杨：在《木心的文学课》一文中，您写道："《文学回忆录》和木心的诗歌散文一样，秉承尼采那个反中庸常识的精神血统。"可否请您就此做进一步阐述，帮助我们更加准确地理解。

许：我在《北京青年报》上发表过一篇短文，题目叫《木心的佚文》，谈几篇国内看不到的木心文章，我是在印刻出版社出版的《木心全集》中看到的，诸如《上海在哪里》《试问美国人》《乌镇》《双重悲悼》等，这里不展开谈这些作品的内容，就概括讲一点：木心作为文化批评家应该得到更多的阅读和重视。

他很辛辣，很俏皮，也总是肆无忌惮的尖刻，讲起现代文化的浅薄与弊端，常常一针见血，惟妙惟肖。我觉得尼采便是这样的，非常尖刻，非常生动，以至于让人觉得任何陈腐和俗套的见解简直就是道德堕落的标志，而非智力低下的标志。木心受尼采的影响很深，他的随笔和散文尤其能够反映他的这种影响。

我记得有一段谈"门外汉"。什么是门外汉？木心说，门外汉并不是那种在门外徘徊、犹豫不前的人，而是果断地推门而入，穿堂而过，迅速推开后门走了出去，这样的人就叫作门外汉。他讲得很妙，对吧？

郑：《木心遗稿》里，木心谈到了他最后一部诗集《伪所罗门书》。我注意到去年您为纪念他逝世十周年而写的《木心的汉语欧罗巴之旅》一文，在文章中对这部诗集评价很高。

许：是的。现在我认为，这是他的写作中最让我感兴趣的一部分。

郑：您在文章中谈到这部诗集的写作方式，称之为"寄生的抒情"，您是否认为这种文本再生的写法应该有一个边界清晰的界定呢？

许：对，应该有个界定。坊间有不同的说法和定义，引文写作，文本再生，互文性，等等。不同的标签会带来不同的边界效应。目前这三个标签，我都不太认同。

郑：您认为这三个都不准确？

许："引文写作"是一种碎片镶嵌式的写作，本雅明、比拉-马塔斯等人都那么做，引文是会有出处，有引号，是要显示其来源和比照，所谓互文写作也是如此。你把元文本都隐去了，那还谈什么互文呢？

互文通常包含戏仿，欧里庇得斯的《俄瑞斯忒斯》讲到"头发"那句台词，当时的观众都会笑，因为知道这是对《俄瑞斯忒斯》此前文本的戏仿，这种关联是互文写作的生命所在。我认为木心的写作并不是戏仿，既不是引文写作也不是互文写作。

郑：那"文本再生"这个说法不妥切吗？

许：再生的英文是 reproduction，也可译为"复制"。木心在改写他人文本的过程中注入了自己的立意。客观地讲，《伪所罗门书》整个就是木心的风格，木心的语言和调性，那么，用"复制"这个词定义也是不恰当的。我们只看到复制，把创作中的语言魔术都过滤掉了，那最重要的东西就没有了，剩下的只有"复制"或"文本再生"了，这么说是不正确的。

郑：您认为怎样定义比较恰当？

许：我会使用"后制品"这个概念，英文是 postproduction，是指艺术家对现成品的一种挪用和改作，当代西方流行的一种做法，主要用于装置艺术、影像制作领域，在第三产业中使用非常广泛。

郑：您是说杜尚，他的《泉》？

许：包括杜尚。姑且把杜尚算作一个起点。"后制品"创作逐渐蔚然成风，从20世纪90年代初开始，越来越多的艺术家通过翻译、再现、重新展出和利用别人的作品（甚至是一些文化产品）的方法进行工作。木心作为艺术家，他对方法论非常敏感。他将"后制品"的概念引入文学，至少在他个人创作中有了一个方法变革的意义。我觉得是很有意思的尝试。

郑：那如何来看待原创和非原创的区别呢？

许：原创是一个向来被视为高规格的概念，但你总不能把埋头写自己的东西一概都称为原创吧？原创有可能是颇具价值的，也可能是廉价的。改写是非原创的，它可能是廉价的，但也完全有可能是别开生面，包含创造性的。

我不觉得木心的每一个"后制品"都是成功的，但是无可否认，他的做法很特别，他作为汉语语言大师的功力在这个类型的制作中是特别出彩的。他有点铁成金的乐趣。他是一个有很多乐趣的人。

《山茱萸农场》中那句诗"庶几乎形而上上"，一般语言能力的作家写不出这种句子，在"上"后面再添一个"上"字，非常木心，非常恢诡。我们常说，这个时代诗人更需要回归语言和本我。但对木心来说，语言就是他的本我，他的本我等同于语言的精微使用。

郑：限于篇幅，最后再提一个问题，您说点铁成金，那木心使用周作人的文本，也是在点铁成金吗？

许：你讲得对，"点铁成金"的说法不妥当，那些原文本并不是"铁"，等着让人点成金。木心使用他人的文本、句段，把散文变成分行排列的诗，有时只改动几个字。他应该不是从原创角度看待这种写作，而是把自己当作使用道具的魔术师了。

郑：这种方法有没有可能使得原文本的价值出现降格？

许：他这么做有可能成功，有可能不成功。例如，对《洛阳伽蓝记》的改作，那首诗我就觉得未必成功。

总体上是成功的，形成了他自己的言说方式和精神氛围。

说到周作人，此老的文体高超，佳句迭出，光是他的比喻就值得好好研究。那么，木心的改作，他什么时候使用过知堂的一个佳句妙喻呢？用的都还是一些较为次要的句段吧。

木心的原则大概是要把他认为是非诗的、散文的东西转化为诗。也就是说，把非诗转化为诗，获得一种萃取和拨弄的快感。他擅长语言的小拨弄，这一点他像鲁迅。他是个迷恋笔触的人。他从语言中得到很多乐趣。对诗人来说这可不是一件小事。我感兴趣的正是这一点。

采访单位：《北京日报》副刊　《智族GQ》

采访人：郑　松　杨　溪

采访时间：2022年2月3日　2022年2月21日

后　记

　　本书选录近四年来发表的一些文章，原题为《无家可归的讲述》。我将一篇同题旧作（收录在《无边界阅读》一书中）拿来用作序言。后来书名改为《卡夫卡的先驱》，这篇文章没有拿掉，有两个方面的考虑。

　　我的研究方向是二十世纪欧美小说。本书所选的文章不脱离这个范围，但是研究类型各异，有小说评论，也有非虚构写作的评论，共分成三部分，并不构成专题性质的讨论。那么将《无家可归的讲述》一文用作序言，想要说明什么呢？

　　我想，这些年我较有体会的一个主题"homeless（无家可归）"在这些文章中大致也能体现出来；该主题涉及外缘文化圈的诗学意识、现代性和文学表征的危机、主体的失格与抗辩、文化范式转型与身份定义等问题，它们在二十世纪的文学中有较突出的表现，其总体意涵或可用homeless一词加以概括。虽然换了书名，但我还是希望通过这篇序言对选文的意图有所提示，这是一个考虑。

另外，选用这篇旧文也想做个声明。《无边界阅读》出版后才发现，有些关键的表述被删除，句段被随意拆分或合并，我本人难以认可。趁新书出版之际，象征性地抽选一篇旧文，和多年前那个出版物作别，我就不再对那些文章负责了。平时用到作者简介，我也不把《无边界阅读》列入我的作品目录。

《卡夫卡的先驱》一书中的文章，收入集子时都做了修改，标题也有改动。和本书同题的文章在刊物上发表时编辑做了删改，这里用的是原稿。附录的《〈木心遗稿〉与"后制品"写作》，拼合了《北京日报》副刊发表的访谈和GQ杂志的访谈（未刊发）。同一个主题的两次访谈就不分开使用了，在此略作说明。

为《大莫纳》第三版而写的"中译者序"是重新撰写的，内容和旧文有重合，也加入了新的材料和观点。朋友笑话我，同一篇文章写三次，有这个必要吗？确实是有炒冷饭之嫌疑，要请读者朋友包涵。不过，《大莫纳》要是能够再版，也许我还会写第四遍的。如果条件允许，有些文章的主题我也希望能够续写或重写。

我把写作理解为素描，试图摹写对象的神采。能否准确反映对象的特质，这是文学评论写作的一个问题。我认为持续的观察很重要。一篇文章的完成度是取决于对目标物的观察质量，观点是否新颖尚在其次。维特根斯坦说，我们不需要新的理论和新的阐释，我们需要的是准确地理解，而"理解就是看出联系"。我赞同维特根斯坦的观点，以此作为我的方法论的纲要。

《卡夫卡的先驱》是我的第三本文学评论选集，反映了近阶段我的阅读、思考和写作，算是可以拿来和读者朋友分享的一点工作成果。文学评论不具有审美的创造性，它是一种派生性的文字工作。当然，要做得好也不容易。我觉得文学评论很难写。我努力的结果经常只是差强人意。希望集子里的文章能对纯文学作品的阅读和推广起到一点作用。

附录的访谈文章在我以前的书中没有出现过。对我来说这是文学评论的另一种写作方式。我的文学观和阅读观在这里表述得比较清楚，较少受到上下文束缚，这和写文章不一样。写文章有点像是在做一把钳子，为了把对象夹住，但似乎经常是要把自己的思维夹得死死的。看校样时觉得访谈倒是这本书的一个特色。谢谢采访人周艾原、郑松、杨溪，他们做了精心准备，付出了时间和劳作。

书中的文章（含访谈），曾在以下报刊、公号刊发，它们是《读书》《书城》《单读》《上海书评》《新京报》《北京日报》《看理想》《中信大方》《读客》《字句》《卡夫卡时刻》等。书中有些篇什是命题作文，我的写作也受惠于编辑的邀约。感谢李静、李庆西、文敏、罗丹妮、彭伦、张进、饶淑荣、夏文彦、蔡欣、靳田田、盛韵、杨园、张翼等各位编辑朋友的支持和厚爱。

感谢责任编辑张恩惠，本书的出版有赖于她的努力。成书过程中她对文章的选目和编排提供了有益的建议。她的工作细致而且出色，我很感谢她的付出。需要说明的是，本书所存在的错误、缺漏均由我本人负责。

敬请读者朋友批评指正。

许志强

2023 年 12 月 12 日，杭州